Carl Oskar Renner
Der Hexer von Rottenbuch

PANTHEON ASYEN
SOTHER
EMANUEL SABAOTH ADONAI

rstlich ist Simon Altsee von Rottenbuch am Ölberg 78 Jahr alt, hat drei Kinder, die verheiratet. ürs andere ist er vor ungefähr 45 Jahren in das erschreckliche Laster der Hexerei geraten, hat Gott nd alle Heiligen verleugnet, hingegen dem Teufel geschworen und mit ihm unausgesetzte emeinschaft gehabt. Drittens ist er zu gewissen Zeiten vermittels einer ihm vom Teufel egebenen und angeschmierten Salbe ausgefahren, hat die Unholdentänze besucht, den uflischen Mahlzeiten beigewohnt und bei solchen abscheulichen Lastern und Ungebühr verübt. ürs vierte hat er vom Teufel eine Wurzel und Salben empfangen, mit welcher er sich fest gemacht, uch Menschen und Vieh erkrümmt und hingerichtet, auch die Weiden elfmal vergiftet. nsonderheit aber hat er aus Antrieb des Teufels vor vierzehn Jahren dem Wirt zu Rottenbuch ein ind durch seine Wurzel dergestalt verhext und erkrümmt, daß es von dieser Stunde an auf allen ieren herumkriechen mußte, was er deshalb getan hat, weil der Wirt ihn und andere bei einer ochzeit mit dem Mahlgeld übernommen hat und das Kind nit gesegnet war. Dann hat er seinem achbarn ein Töchterlein von 15 Jahren, Margaretha mit Namen, dergestalt zugerichtet, daß es roße Schmerzen leiden und sterben mußte. Fürs fünfte hat er unterschiedliche von ihm ugerichtete Hagelwetter und besonders elf bekannt: Über Rottenbuch 3, das 4. über Langenried uf Peiting zu, welches gleichwohl der dortige Herr Pfarrer abgetrieben und nit hereingelassen hat, aher es zu Langenried ausgebrochen ist und denen Bauern beim Holz, nit aber der dortigen emeinde, wie er es geplant hatte, Schaden getan hat. Das 5. am Willsteig über dem hwarzenbach im Ried; damals sind Riesel (Schloßen) wie Welschnüsse gefallen, und dies eswegen, weil einer von den Schwarzenbeckern ihm in einer Sache Unrecht getan hatte. Das 6. ist ber Lauterbach oder Halbesdorf, das zwischen Steingaden und Rottenbuch liegt, niedergegan-n, und Riesel sind gefallen so groß wie Kluckern. Das 7. neben Saulgrub hinein nach nterammergau; es hat das Ried getroffen, weil seinem Weibe, das damals noch am Leben ewesen, eine Schuld abgesprochen worden war. Das 8. neben Wackhau hinab, wo es die Bauern etroffen, weil sie ihn bezichtigten, er habe ein Roß gestohlen. Das 9. neben Pöbling; dieses hat alle etroffen, obwohl es nur auf einen gezielt war, weil derselbe ihm ein unrechtes Roß zu kaufen egeben hatte. Das 10. ist über Roßhaupt und das 11. über Steingaden niedergegangen. Dies alles t innerhalb der jüngst verflossenen 15 Jahre geschehen. Anbei ist noch zu bemerken, daß er außer esen jetzt gehörten Wettern noch mehrere und all die Jahre, wo er von dem abscheulichen Laster griffen war, eins oder zwei gemacht hat, indem er bekannte, daß er sie denen zugedacht, welche m zuvor unrecht getan oder Unbilden zugefügt hatten. Fürs sechste bekennt er, daß er vor 14 hren mit anderen drei seitdem verstorbenen Gesellen einen unbekannten Mann zwischen eingaden und Rottenbuch in einem Boschen angetroffen, gepackt und gezwungen habe, sich bis ufs Hemd auszuziehen; der habe ihnen 11 Taler für seine Entlassung gegeben, von denen der ltsee 5 bekommen habe. Siebtens: Als der Altsee, noch ledigen Standes, auf einer Hochzeit wegen nes ihm verehrten Kranzes mit einem anderen in Ungelegenheit geraten war und dieser ihm mit nem Säbel den Kranz und Hut auf dem Kopfe entzweigehauen habe, hat er sein Rapier, das beim hrenband rostig gewesen, schließlich aus der Scheide herausgebracht und damit seinen Gegner eich im ersten Stich durch und durch gestochen. Fürs achte bekennt dieser Malefikant, daß er eben den erwähnten grausamen und unerhörten Missetaten sogar die hochheiligsten Hostien zu 6 erschiedenen Malen aufs ärgerlichste verunehrt hat, indem er diese zweimal um einen geringen ert verkauft, ein andermal gleich beim Altar hingeworfen und liegengelassen hat. Zu anderer eit hat er sie mit Füßen getreten, dann einem Hund zum Fressen vorgeworfen, und auch in ein ülwasser getan, daß es die Kälber getrunken haben. Wegen solcher und mehrerer anderer beltaten ist ihm das Urteil ergangen, daß man ihn 7mal mit glühenden Zangen reißen, beide eine an den Füßen mit dem Rade abstoßen und lebendig verbrennen sollte. Welches Urteil aber n so viel gemildert worden ist, daß er auf einer Schleife zur Gerichtsstätte geführt wird und ihm ei Zwick mit glühenden Zangen auf jeden Arm und auf die Brust einer gegeben werden; die chte Hand wird abgehauen und er wird auf dem Scheiterhaufen erdrosselt und zu Asche rbrannt. Gott der allmächtige wolle uns wegen solcher Sünden und Laster nit ferner strafen, und mit sich dergleichen Hexen und Zauberer an diesem Exempel spiegeln und sich bekehren, seine ttliche Gnad erteilen. Amen.

Augsburg bei Elias Wellhöffer, Briefmaler, bei Unserer Lieben Frauen Tor.

Carl Oskar Renner

Der Hexer von Rottenbuch

Roman

WLV
W. Ludwig Verlag

ISBN 3/7787-2037-6

Satz und Druck: Ilmgaudruckerei Pfaffenhofen
Printed in Germany

 Wir bedanken uns für die Abdruckerlaubnis der Abbildungen, besonders der Originalholzschnitte des Hexers Simon Altsee, die sich im Besitze des Münchner Stadtmuseums befinden.

Inhalt

Vorwort 7
Der Prager Fenstersturz. 9
Im dunkelroten Hahnenblut 18
Gewitter über Aibling 26
Der Salbentopf 33
Gespaltene Wurzel und Fasanenhennen 42
In der Schleifmühlenklamm 51
Die gottsfürchtige Lena 57
Das grasgrüne Alräunchen 64
Der Roßkamm 70
„Mein brodelndes Blut“ 76
Die Wasserprobe 84
Die Hexenwaage 93
Der Hintherum 100
Im Malefizturm 108
Das Vaterunser 117

Illustrationen

S. 8 Der verzauberte Stallknecht von Hans Baldung Grien
S. 13 Selige Liebe nach einem Gemälde von L. Hofmann-Zeitz
S. 29 Hexentrank von Hans Baldung Grien
S. 41 Hexen bei der Salbung ihrer Körper v. Hans Baldung Grien
S. 59 Hexe auf „Ausfahrt“
S. 78 Hexensalbe von Hans Baldung Grien
S. 87 Hexenritt
S. 91 Die Wasserprobe
S. 118 Folterung eines Zauberers

Auch daß ihm die rechte Hand auf dem Scheiterhaufen abgehauen und er erdrosselt und zu Asche verbrannt wird.

Vorwort

Es ist einer der ganz seltenen Fälle in der bayerischen Kriminalgeschichte des 17. Jahrhunderts, daß sich ein renommierter Buchdrucker einer „Story“ – wie wir heute sagen würden – annahm und dazu auch noch einen Künstler bemühte, gewisse Szenen dieser Story in Holz zu schneiden.

Es handelt sich um den am 9. Januar 1666 in München hingerichteten Pferdehändler Simon Altsee aus Rottenbuch. Die Verbrechen dieses Mannes müssen für die damalige Zeit so einmalig gewesen sein, daß es sich als lohnend erwies, sie mittels eines „illustrierten Extrablattes“ einer breiten Öffentlichkeit kund zu machen.

Holzschnitte und Extrablatt werden im Historischen Stadtmuseum München verwahrt.

HB

Der Prager Fenstersturz

Simon Altsee, Hufschmied und Pferdehändler, führte wie jeden Tag den Talerschimmel des Herrn Grafen Adam von Sternberg auf der Zugbrücke über den Halsgraben der Rosenburg. Im Burghof zäumte er das edle Tier auf und wartete. Nach einer längeren Weile erschien unter dem Innentor der Burg anstatt des Herrn sein Kammerdiener und winkte den Altsee hinein.

Graf Adam stand in der Fensternische seiner Stube und schaute hinüber über das weite Tal zum Teplitzer Schloßberg. Als der Hufschmied die quietschende Tür öffnete, drehte er sich jäh um: „Simon, traust du dir's zu, meine Pferde nach Prag zu bringen?"

„Warum nicht, Herr Graf? Wollt Ihr uns denn verlassen?" Bei dieser Frage schaute der junge Mann forschend aus seinen rabenschwarzen Augen.

Sternberg trat näher zu ihm hin: „Hast du keine Ohren am Kopf? Spürst du nicht, was die Bürgermeister und Ratsherren von Graupen zusammen mit dem Herrn Oberpastor ständig zu beschnarchen haben? Das geht doch alles gegen mich! Sie sind Erzprotestanten; wie könnten sie einen Erzpapisten als Herrn dulden wollen! Überhaupt jetzt, wo die Stände dem Kaiser den Majestätsbrief abgetrotzt haben!"

„Herr, davon versteh' ich nichts, will auch nichts verstehn! – Wohin sollen die Rösser?"

„Ich habe zwei Häuser auf dem Hradschin. . ."

„Und Ihr selbst, wann reitet Ihr?"

„Ich fahre heut nacht mit dem großen Wagen im Viererzug. Verlade mir jetzt die Truhe und die Kisten mit dem Archiv, aber hinten in der Scheune! Die Kuchelweiber sollen's nicht sehen!"

Da öffnete sich die Tür, und der Kammerdiener trat ein: „Der Herr Oberpastor Crusius!"

Der Graf schaute fast verstört auf den Altsee und gab ihm ein Zeichen, zu gehen.

Wie ein indianischer Hahn stolzierte der geistliche Herr sachte und breit herein.

„Was führt Euch zu mir?" fragte Sternberg kurz.

Der Pastor lächelte wie einer, der sich selbst unversehens aufs Hühnerauge getreten hat: „Nachdem die Tage der papistischen Herrschaft in unserer königlichen Bergstadt Graupen gezählt sind, drängt es mich, zu erfahren, wie Ihr's künftig mit uns zu halten gedenkt. Denn die Jesuiten haben wir bereits vor die Tore gesetzt; sie sollen ihrem Götzendienst drunten in Scheune frönen! Das Allerheiligenkloster aber und die Annakirche werden wir an uns nehmen. Fragt sich noch, was auf der Rosenburg geschehen soll!" Und wieder lächelte er zwischen den dicken Backen.

Der Graf hatte sich gesetzt, ließ aber den geistlichen Herrn stehen. Jetzt erwiderte er: „Herr Crusius, die Herrschaft Graupen samt der Rosenburg ist kaiserliches Lehen! Punktum!"

„Das wissen wir, Graf Sternberg! Um so berechtigter ist deshalb unsere Frage, nachdem der Herr Kaiser Rudolph uns Protestanten so wohlgesonnen ist, wie sein gottbegnadeter Majestätsbrief deutlich erkennen läßt."

In Sternbergs Herzen bäumte sich der Zorn auf: „Crusius, ich habe Ehrfurcht selbst vor einer Ketzerkutte. Hätt' ich sie nicht, ich ließ' Euch über die Mauer werfen! Doch seid getrost, ich gehe! Meine Leute aber bleiben!"

Der Pastor schlug die Hände zusammen: „Wie klug von Euch! Was jedoch Euere Leute betrifft, so werden wir ihnen gern die reine Lehre verkünden. Der Herr Jesus verleihe Euch Gesundheit und eine gute Reise!"

In diesem Wunsche lag soviel Hohn, daß sich der Graf nicht erwehren konnte, zu sagen: „Geht, geht rasch, oder ich muß Euch noch herzhaft in Eueren feisten Arsch treten!" –

Inzwischen hatte der Altsee begonnen, in der Scheune den großen Wagen zu beladen. Jetzt, wo die Graupner Bürgerschaft ihrem Herrn den Stuhl vor die Türe gesetzt hatte, brauchte man die Übersiedlung nach Prag nicht mehr geheim zu betreiben. Darum ließ der Graf den Altsee wissen, er solle auch noch den kleinen Wagen für einen Viererzug richten und zwei Koppel der besseren Rösser hinten anhängen; so würde man zwölf Pferde auf einen Sitz wegbringen. Außerdem könne man nunmehr bei Tage abreisen, wenn man ein bißchen protestantisches Spottgelächter am unteren Tor nicht scheue.

So geschah es denn auch. Am 28. August 1609 verließ Graf Adam von Sternberg seine Stadt Graupen, die ihm jährlich tausend Zentner Zinn aus dem Erzgebirge geschürft hatte. Eine reiche Quelle, die plötzlich versiegt war! Sie fuhren über Kostenblatt, Doxan, Raudnitz und Weltrus. In Prag versuchte der Graf eine kaiserliche Audienz zu erwirken. Das gelang ihm jedoch nicht, weil sich Kaiser Rudolph II. in seiner Goldküche nicht stören ließ – nicht einmal von den Gesandten fremder Nationen, geschweige denn von einem kleinen Herrn Sternberg.

Der zweiundzwanzigjährige Simon Altsee versah nun auf dem Hradschin die edlen Pferde seines Herrn genauso brav wie auf der Rosenburg.

Er war beglückt, in Prag zu sein. Er kam ja aus dem stillen Erzgebirge. Hinter der Geiersburg hatte ihn die Mutter in einem Wagen zur Welt gebracht. Niemand wußte recht, ob er ein Zigeuner oder ein Jude war; jedenfalls waren seine Eltern aus dem Polnischen gekommen und hatten sich zu Füßen der alten, sagenumwobenen Ruine Geiersburg niedergelassen und jedes Jahr einem Kinde das Leben geschenkt.

Als Simon sieben Jahre alt gewesen war, hatte sich während eines fürchterlichen Gewitters hoch über ihnen ein Teil der morschen Burgmauer gelöst, war über den Steilhang herabgestürzt und hatte den Wohnwagen der Altsees überrollt. Die Alten und die übrigen Kinder hatten sich noch retten können, nur Simon war verschüttet worden. Nach drei Tagen erst hatten sie ihn ausgegraben und lebend geborgen. Aber er war jetzt anders als zuvor. Er träumte am hellichten Tage und redete mit Geistern, besonders mit der schönen jungen Hexe Wela. Wenn ihn die Mutter besorgt fragte, beschrieb er ihr die tiefen grünen Augen, das Goldhaar und den blühenden Leib dieser Wela, erklärte ihr auch ohne Scheu, daß sie ihn draußen im Walde oft in ihre weichen Arme nehme und zwischen ihre riechenden Brüste drücke. Darauf weinte die Mutter jedesmal und der Vater fluchte wie ein Roßknecht: Der Herr hatte sie mit einem Irren geschlagen!

Dann waren die Jahre eins ums andere vergangen. Simon Altsee war ein schöner Mann geworden, die Träume aber waren nicht von ihm gewichen; im Gegenteil, jetzt redete er nicht nur mit der schönen Wela, sondern auch mit verschiedenen „Scheitanen" – wie er sagte –, die ihn lehrten, was man mit knusprigen Mädchen alles machen könne.

Da weinte die Mutter noch mehr und der Vater fluchte noch heftiger.

Und eines schönen Tages war Simon Altsee von Mutter und Vater fortgegangen und als Roßknecht und Schmied beim Herrn Grafen Sternberg in Graupen eingestanden.

Und jetzt war er nach Prag gekommen. Prag erschien ihm wie ein Freudenhaus voll strotzender Frauen; das wurlte und warb und suchte zu umgarnen, das ließ wieder los und umwarb von neuem. Prag war mehr als Böhmens Landeshauptstadt, Prag war eine kleine Welt und gehorchte einer eigenen Gesetzmäßigkeit. Wer in Prag lebte, lebte doppelt: er lebte sein persönliches Leben und auch das prickelnde Leben der herrlichen Stadt. – So waren die ersten Wochen für den jungen Mann lauter rauschende Feste, in die er, den kaum je ein Gewissen geplagt hatte, sich inbrünstig versenkte.

Dabei geschah es, daß er den Weg des schönen Töchterchens Dalila kreuzte, das ihn durch die Lauterkeit eines kindlichen Herzens wie mit Zangen ergriff und nicht mehr freigab. Zwei Jahre rang er um das Mädchen bis zu dem Tage, da der neue Kaiser Matthias in Prag feierlich einzog und den Herrn Adam von Sternberg zum Oberstburggrafen ernannte. Da ging auch dem Simon Altsee eine schöne Sonne auf, in deren Strahlen schließlich alle Bedenken der kaufherrlichen Eltern Dalilas dahinschmolzen. Denn wer konnte sich schon rühmen, oberstbruggräflicher Hufschmied zu sein!

Die beiden jungen Menschen kehrten also beieinander ein, und bald schenkte ihnen der Himmel das erste Kind Judith, der schönen Mutter wie aus dem Gesicht geschnitten. Auch in den zwei folgenden Jahren blieb der Segen nicht aus, und Dalila gebar ihrem Manne noch eine Ruth und eine Salome.

Simon Altsee zog jetzt häufig über Land und besorgte für seinen Herrn die schönsten Pferde. Oft war er wochenlang unterwegs. Das tat aber seiner Ehe nicht gut, denn er lernte in den Herbergen fremde Schlafkammern kennen, und seine Frau, die das spürte, grämte sich still dahin und verlor an Liebreiz, was ihr die drei Töchter noch gelassen hatten. Bisweilen geschah es sogar, daß sie mit den Kindern nichts zu essen hatte und sich an den eigenen Vater wenden mußte. Der aber wies sie meistens barsch ab. Kam dann Simon von der Reise zurück, ergingen sie sich in gegenseitigen Vorwürfen, und das bereits brüchige Band der Zweisamkeit wurde noch brüchiger.

Es war deshalb kein Wunder, daß es ihn zu Hause nicht mehr recht litt, sondern daß er seine Reisen immer weiter ausdehnte. So kam er im Frühjahr 1618 wieder einmal ins Erzgebirge, um sich auch bei den Herren Zisterziensern im Stift Ossegg die Rösser anzusehen. Wie er nun von da gegen Eichwald zog, mußte er den Weg über Klostergrab nehmen und wurde daselbst Zeuge eines seltsamen Geschehens. Da rissen sie doch eine Kirche nieder, die erst zehn Jahre zuvor erbaut worden war! Wie ihm die umstehenden Gaffer verrieten, war es eine Kirche der Protestanten, und der Herr Erzbischof Johannes Lohelius von Prag hätte die Zerstörung angeordnet. Dabei seien aber die Protestanten hierorts ganz handsame Leut gewesen. Nur der Herr Oberpastor Crusius von Graupen habe sie durch seine Predigten von Zeit zu Zeit rebellisch gemacht. Als er jedoch das letztemal dagewesen sei, hätten ein paar Fleischhackerburschen nachts seinem Wagen aufgelauert und seien dann wie die Wüteriche über den dicken Mann mit Stecken und Stangen hergefallen. Ein paar Tage danach seien etliche böhmische Herren aus Prag gekommen und hätten den Vorfall genau notiert.

Das dumme Volk wird sich wegen dieses galiläischen Zimmermanns gar noch die Schädel einschlagen! So dachte sich Simon Altsee, und als er mit seinen Pferden durch das von Hochwäldern geschützte Tal nach Eichwald kam, beschloß er, eine freundliche Nacht bei der Brettsägenwirtin zu verbringen, anderen Tags aber über Pihanken, Dreihunken und Jüdendorf weiterzuziehen und die Rosenburg zu besuchen.

Als er dann vor der alten Bergstadt Graupen anlangte, wo er im Bäckenhaus einzukehren hoffte, gewahrte er, wie die Protestanten gerade einen Jesuiten herzhaft verprügelten, der es gewagt hatte, ihre Stadt heimlich zu betreten. Der Herr Oberpastor Crusius stand dabei und schien sogar den häßlichen Vorgang zu dirigieren; denn er schrie immer wieder: „Das ist für unsere Kirche zu Klostergrab!“ Als der Mann schließlich so verdroschen war, daß er sich nicht mehr rührte, ließen sie von ihm ab und rückten mit dem Hochgefühl einer verdienstvollen Tat in der Brust in ihre Stadt ein.

Der Altsee hob, als sie weg waren, den Jesuiten behutsam auf und trug ihn zum Torbrunnen, wo sich bereits seine Rösser gütlich taten. Er wusch dem Manne das Gesicht ab und setzte ihn auf sein Sattelpferd, brachte ihn auch hinunter ins Konvikt nach Scheune. Die schwarzen Väter nahmen ihren zerschundenen Bruder liebevoll von ihm entgegen und boten ihm gastliche Herberge, die er nicht verschmähte, wenn sie auch nicht so ganz seinen Wünschen entsprach. –

Die Zerstörung der Klostergraber Kirche hatte aber ein noch weit grausameres Nachspiel in Prag. Die protestantischen Stände versammelten sich im Karlskollegium und verfaßten einen geharnischten Beschwerdebrief an den Kaiser, der soeben nach Wien abgereist war.

Für die Zeit seiner Abwesenheit hatte Kaiser Matthias die beiden papistischen Grafen Martinitz und Slawata als seine Statthalter in Böhmen eingesetzt. Das erboste die gereizten Stände noch mehr. Als daher von Wien ein kaiserliches Reskript kam des Inhalts, die Sache Klostergrab sei Rechtens, die Zusammenkünfte der Stände jedoch seien verfassungswidrig, da lief das Geduldmaß der böhmischen Herren über. Am Morgen des 23. Mai 1618 drangen sie in den Hradschin ein, jagten Herrn Adam von Sternberg, den Oberstburggrafen hinaus und warfen dann die beiden Statthalter samt ihrem Schreiber „nach altem böhmischem Brauch" – wie Herr Raupowa durch den Saal schrie – zum Fenster in den dreißig Ellen tiefen Burggraben hinab.

Als sie so ihr Mütchen gekühlt hatten und den Hradschin wieder verließen, trat ihnen der Sternberg entgegen und sagte schlicht: „Meine Herren, was ihr seinem Statthalter getan, das habt ihr dem Kaiser selbst angetan. Seht euch vor!"

Da umringten sie ihn mit drohender, furchterregender Gebärde, und Wilhelm von Lobkowitz sprach: „Sternberg, wüßte man nicht, daß Ihr ebenso böhmisch wie katholisch denkt, weiß Gott, wir hätten auch Euch zum Fenster hinabgestürzt! Jetzt aber seid ruhig, ganz ruhig!" Und Ulrich Kinsky fügte mit abgewandtem Gesicht hinzu: „Daß die Lage der böhmischen Stände mit dem Kaiser jetzt verfahren ist, wissen wir. Was nun kommen wird, ist nackte Gewalt – auf beiden Seiten. Niemand kann uns davor bewahren, sie anzuwenden oder zu erleiden. Doch war es schon immer alte böhmische Gewohnheit, eigene Wege zu gehen, selbst wenn es Abwege oder gar Irrwege waren. Mag sein, daß Ihr, Sternberg, uns nicht folgen werdet! Hütet Euch aber, unsere Wege zu durchkreuzen!“

Weil eine Pause entstand, erwiderte Graf Sternberg: „Männer, was wollt ihr denn bloß! Meint ihr, es hülfe euch jemand, euere böhmisch-protestantischen Kastanien aus dem Feuer zu holen? Und selbst wenn ihr Bundesgenossen fändet – der Kaiser findet mehr, denn er ist größer als ihr!“

„Das ist abzuwarten“, entgegnete der Raupowa und fuhr fort: „Was jedoch Euch selber betrifft, Sternberg, so rate ich Euch: Geht schleunigst außer Landes, damit Euch kein Unheil widerfährt!“

Graf Adam schmunzelte: „Jetzt soll ich fliehen, wo für uns Katholiken alles zum besten steht?“

Da schüttelten sie die Köpfe, murmelten ein paar abfällige Worte und ließen ihn stehen. „Wär er nicht ein so untadeliger Mensch, man müßt' ihn grün und blau dreschen!“ meinte der Kinsky und drehte sich noch einmal mit wildem Blick nach dem anderen um. Der Sternberg aber war schon in der Seitengasse untergetaucht.

Als er heimkam, begegnete er dem Altsee. Der wollte wissen, daß Graf Martinitz wie auch der Kanzleischreiber Fabrizius den Fenstersturz fast heil überlebt hatten (sie waren auf einen Komposthaufen gefallen), während Graf Slawata am Kopf arge Verletzungen erlitten habe. Fabrizius sei bereits in die Prager Altstadt entwichen und wolle noch heute zum Kaiser nach Wien reisen.

Ein Unheil war also im Anzuge!

Im dunkelroten Hahnenblut

Der alte Graf Adam von Sternberg reiste nun doch wenige Tage, nachdem ihm die Prager Aufrührer gedroht hatten, zu seinen bayerischen Verwandten nach Regensburg und von dort nach München zu Herzog Maximilian, um ihn über die böhmischen Ereignisse zu unterrichten. Denn der Bayernfürst war der Führer der Liga, einer Vereinigung aller deutschen papsttreuen Länder. Den Simon Altsee mitsamt seiner Frau und den drei Töchtern hatte er nach Graupen geschickt, nicht auf die Rosenburg, auch nicht als seinen Knecht, sondern als stillen Beobachter. Er sollte sich das Treiben der Lutherischen ansehen und merken bis zum Tage der Vergeltung.

Altsee ließ sich in Jüdendorf nieder; da fiel er nicht auf, konnte aber seine Fühler behutsam und bequem ausstrecken bis in die alte Bergstadt hinein. Für sein Auskommen hatte der Graf gesorgt, im übrigen trieb er seinen Pferdehandel quer durchs ganze Erzgebirge. Die Frau und die Mädchen waren nicht glücklich, denn was bedeutete dieses schäbige Jüdendorf neben der bezaubernden Stadt Prag!

Auf seinen Handelswegen kam Simon einst mitten in der Nacht hinauf nach Niklasberg. Da sah er den Bürgermeister und die Ratsherren im Laternenschein vor dem Rathaus stehen. Sieben gefesselte Zigeuner knieten vor ihnen am Fuße der Treppe. Die Stadtschergen hatten ihnen am Kalkofen aufgelauert und ihnen, als die Gesellen ihr Diebesgut auseinanderposamentierten, lauter güldene Kirchenkelche und mit kostbaren Steinen besetzte Monstranzen abgenommen. Die Ratsverwandten machten kurzen Prozeß, verurteilten die Kirchenräuber zum Feuertod und brachen den Stab über sie.

Da erhob einer unter ihnen, ein ganz alter, seine Stimme und rief durch die Nacht: „Ihr Herren, lasset uns frei, sonst brennt euere Stadt zu Asche!“ Weil nun der Rat seine Rede nicht achtete, hob der Mann die verstrickten Hände in die Höhe, machte verschiedene Zeichen in die Luft und schrie: „So habet denn eueren Scheiterhaufen!“ Zugleich brachen aus den weiten Ärmeln seines Gewandes Flammengarben hervor, flogen auseinander und steckten die Stadt an sieben Enden in Brand. Da stob das gaffende Volk durch die Gassen hin, ein jeder in sein Haus, um zu retten und zu löschen. Als die Stadtherren das Unheil sahen, lösten sie den Zigeunern die Fesseln und baten den Alten um Gnade. Der erhob sich von den Knien, wandte sich um, und seine Riesenstimme erscholl durch die schaurige Nacht: „Feueriger Geist, laß ab im Namen dessen, von dem du aufsteigst!“ Auf dieses Wort hin schwanden die Flammen von den Häusern, schwebten durch die Luft zusammen und standen über dem Marktplatze als ein mächtig aufloderndes Bündel. Dieses Bündel schwang sich allmählich höher und höher zum Himmel auf, bis es als ein rotgoldener Punkt im nächtlich dunklen Luftmeer verflog. Ein paar Häuser stürzten in sich zusammen, und die sieben Zigeuner schritten frank und frei über die Trümmer hinweg, zum Tor hinaus.

Simon Altsee fand während der restlichen Nacht in seiner Herberge keine Ruhe. Als er anderen Tags über das Rote Kreuz gegen Zinnwald zog, begegnete er den sieben ebenfalls berittenen Männern. Und weil er ein geselliger Mensch war und neugierig obendrein, redete er sie an und trat unter sie. Er scheute sich auch nicht, den Alten zu fragen, wie er denn das mit den Flammen gemacht habe. Der griff ihm in die Zügel, so daß sie standen, und sagte: „Du hättest besser nicht gefragt. Aber weil du gefragt hast, sollst du's wissen! Nimm diese Wurzel, schlachte einen schwarzen Hahn und horch dann auf das, was dir gesagt wird! Es wird schrecklich sein! Jetzt aber laß uns in Ruh'!“

Er hat vom Teufel eine Wurzel und Salben empfangen, mit welcher er sich fest gemacht, auch Menschen und Vieh erkrümmt und hingerichtet, auch die Weiden elfmal vergiftet hat.

Der Alte ließ den Zügel los und machte mit der Hand ein Zeichen, das besagte: Beeil dich!

Simon Altsee hatte die gespaltene Wurzel angenommen, hatte sich nicht einmal bedankt, und ritt ohne Gruß davon. Er kam nach Siebengiebel, wo er sich einen jungen schwarzen Hahn erwarb, dann am Toten Kind vorbei und schließlich an den Fuß des Mückenberges. Da war ein großer Steinbruch, und die drei Steinklopfer darin hatten sich eben hingesetzt, um das Mittagessen zu verzehren. Sie tauchten ihr trockenes Kornbrot in den kalten Minzentee. Er ging zu ihnen und fragte, ob er seine drei Rösser für eine oder zwei Stunden an ihre Hütte hinbinden dürfe. Sie hatten nichts dagegen, denn sie erhofften sich ein paar Kreuzer Dank dafür. Er wandte sich dann mit dem schimpfenden Hahn im Sack der Spitze des Berges zu. Als er auf der baumfreien Kuppe angekommen war, suchte er sich unter den wirr herumliegenden Felsbrocken einen aus, der wie ein Altartisch aussah. Er zog den Hahn hervor, packte ihn an den gelben Füßen und hackte ihm mit seinem breiten Hüftmesser den Kopf ab. Da floß das dunkelrote Blut über den Opferstein. Dann kramte er aus der pluderigen Hose die gespaltene Wurzel, hielt sie in die Höhe und rief zum schillernden Mittagshimmel empor: „Ich horche!“

Was dann geschah, konnte der Altsee zwar sehen, aber nicht recht fassen; er sah es auf sich zukommen wie voreinst hinter der Geiersburg, und doch wiederum nur wie im Spiegel. Auf dem Erzgebirgskamm nahte sich ihm ein Junker; der war nackt und gehörnt, hatte Bocksfüße und trug einen Ziegenbart. Er beugte sich über den Opferstein, roch an dem hinsickernden Hahnenblut, tauchte einen Finger darein und sagte: „Ich gebe dir Kraft über Wolken und Wetter, wenn du meine Füße küßt und mich anbetest!“

Simon zögerte nicht. Er beugte sich zu den Bocksfüßen nieder und stöhnte: „Herr, ist das die Stunde der Übermacht?“

Darauf der Junker: „Übermacht, Ohnmacht, Allmacht! Nenn sie, wie du willst! Jedenfalls ist es die Stunde der zweiundsiebzig Scheitane. Siehst du sie?"

Da zogen wahrhaftig zweiundsiebzig Schatten oder Nichtschatten, Gestalten oder Schemen auf dem Gebirgskamm daher, und der Junker sprach: „Du mußt noch, um erlöst zu werden, alle Erfahrungen durchmachen, auch die der tierischen Triebe in deinem Fleische. Darum werden sie dir dienstbar sein, die Zweiundsiebzig, wann immer du willst. Siehe, diese vordersten Scheitane befassen sich mit dem Blick in die Zukunft; auch helfen sie dir, Verlorenes und Gestohlenes zu finden. Die elf nächsten vermitteln die Gefälligkeit der Weiber. Einer – der dort, genannt Seere, – macht, daß sich die Mägdlein gerne ausziehen und die Männer anbrünsten." Diesen Scheitan kannte Simon; er war ihm schon hinter der Geiersburg begegnet. Der Junker verhielt eine Weile und fuhr dann fort: „Diese drei herrschen über Körper und Seelen der Verstorbenen. Einer kann jede gewünschte Person in einem Gesicht erscheinen lassen. Etliche entfachen Mord, Krieg und Blutvergießen; ihre große Stunde schlägt in zwei Jahren und wird volle dreißig dauern. Der Grasgrüne dort ist zu deinem besonderen Dienst bestellt; er kennt sich aus mit Stürmen, Erdbeben und Wettern, mit Blitz und Gedonner, mit Hagelschlag und Wolkenbruch. Zwei andere lassen die, die sich ihnen zugesellen, taub und meschugge (verrückt) werden; zwei nehmen hochgestellten Leuten Rang und Stellung weg. Drei verwandeln mistiges Metall in Gold und schenken den Ihrigen kostbares Zeug. Der Rotbärtige dort hinten wird dir der liebste sein: von dem kriegst du die Blüte der Jungfern."

Simon Altsee lag immer noch auf den Knien und starrte in den gleißenden Mittag. Dann fragte er: „Junker, wo kann ich den Scheitanen begegnen und wie ihnen sagen, was ich will?"

„Immer am Sabbat! Der Ort, wo sie dir entgegenkommen, liegt am Ölberg bei den Roten Buchen. Noch kennst du den Ort nicht, wirst aber in etlichen Jahren dort sein. Da werden sie dir als schwarze Ziegenböcke nahen. So will es meine Religion! Denn Jahwe und Scheitan sind gleich stark. Der eine Herr im Himmel, der andere Herr auf Erden. Du aber bist auf der Erde! Also?"

Da war der Junker weg, die Scheitane waren verschwunden, und der schwarze Hahn hatte sich verblutet. Der Altsee kehrte in den Steinbruch zurück, warf den Klopfern ein paar Münzen zu und zog mit seinen Rössern den steilen Knappenweg hinab zum Graupner Galgenberg. Hier mußte er sich hinsetzen, denn er fühlte sich elend. Als er jedoch die gespaltene Wurzel befühlte, wurde ihm wohler. Darauf setzte er seinen Weg fort und kam abends nach Jüdendorf.

Kaum hatte er die Haustür hinter sich zugemacht, sagte seine Frau Dalila, der Kirchenbote von Graupen sei schon dreimal mit einer Einladung auf die Rosenburg dagewesen. Simon horchte auf: Kirchenbote und Rosenburg! Das stimmte doch nicht ganz zusammen: die Burg gehörte dem Grafen, der Bote dem Oberpfarrer.

Am anderen Morgen begab er sich also auf die Burg. Wie staunte er, als er merkte, daß sich hier der Herr Crusius mit Frau, Kindern, Dienern und Predigern breitgemacht hatte und in den feinen Räumen bewegte wie im eigenen Hause! Simon wurde sofort eingelassen – als wenn man schon auf ihn gewartet hätte.

„Wohin ist der Sternberg geflohen?" Mit dieser Frage stürzte der Geistliche auf den Altsee.

„Herr, da fragt Ihr den Falschen. Ich war zwar für die Rösser des Herrn Grafen zuständig; seine Reisepläne hat er jedoch nicht mit mir besprochen."

„Du kennst die Jesuiten in Scheune?"

„Kennen ist zuviel gesagt. Ich habe einen, den sie drunten vorm Tor blutig geschlagen hatten, in ihr Scheuner Haus gebracht."

„Du bist auch über Nacht bei ihnen gewesen!"

„Ihr sagt es, Herr; im Roßstall."

„Haben sie dich nicht durchs Haus geführt?“

„Nicht geführt.“

„Auch nichts zu essen gegeben?“

„Doch! Bei der Pforte.“

Der breitspurige Herr Crusius stand vom schweren Eichenstuhl auf und schlurfte auf Simon zu: „Ich räume dir deine alte Wohnung im Vorwerk wieder ein, wenn du mir eine heikle Aufgabe erfüllst.“

„Welche Aufgabe, Herr?“

„Vielleicht weißt du, daß das hohe Direktorium in Prag die Jesuiten aus dem Lande Böhmen verwiesen hat, bei Todesstrafe im Falle der Rückkehr. Du sollst aussschauen und aushorchen, ob und wohin sie entwichen sind. Denn mir scheint, als seien sie noch da und trieben ihren Götzendienst weiter.“

Simon Altsee grinste dem Oberpfarrer ins Gesicht: „Dann ziehe ich also heut nachmittag wieder ins Vorwerk ein!“

„Wußt' ich doch, daß du Verstand hast!“ Und sie trennten sich.

An Altsees Verstand hätte niemand zu zweifeln versucht. Durch die Rückkehr in die Burg, auf der jetzt der Crusius saß, war ihm die Beobachtertätigkeit in ungeahnter Weise erleichtert worden. Und was die Jesuiten anging, so waren das kluge Männer, mit denen sich allenfalls reden ließ. Warum also nicht, wohlbeleibter Herr Oberpfarrer? –

Während nun die Auflehnung der böhmischen Stände gegen Habsburg ihren weiteren Verlauf nahm, während sie den Kurfürsten Friedrich von der Pfalz zum Böhmenkönig machten und unter dem protestantischen Grafen Thun ein Heer bis vor die Wiener Hofburg entsandten, um den neuen Kaiser Ferdinand knieweich zu machen, brachte Herzog Maximilian in München sein Bayernheer auf fünfzigtausend Mann; dazu kam das berüchtigte „Passauer Kriegsvolk“ von zwölftausend kugelfesten Draufgängern. Der Bayer war des Kaisers Schwager. Er mußte etwas tun. Der alte Graf Adam von Sternberg stand ihm als Berater zur Seite, als sie anfangs Oktober 1620 den bereits verschneiten Böhmerwald durchquerten und die Städte Krummau, Budweis und Prachatitz nahmen; die anderen öffneten ihm bereitwillig die Tore. Das Heer der Böhmen zog sich gegen Prag zurück und verschanzte sich am Weißen Berge.

Der frischgebackene König Friedrich war nicht so sehr auf Waffenruhm als vielmehr auf den Erfolg bei schönen Frauen bedacht. So überließ er seine Soldaten ein paar höheren Offizieren und ließ sich auf der Prager Burg ein rauschendes Fest bereiten. Das war in der Nacht des 7. November. Als der Morgen des anderen Tages graute – es war eine Sonntag –, standen die Bayern am Fuße des Berges. In der Mittagsstunde eröffnete Herzog Maximilian den Sturm, wurde jedoch auf der ganzen Linie zurückgeworfen. Erst der zweite Angriff riß die böhmisch-mährisch-ungarischen Schlachtreihen auf, die sich dann in wilder Flucht durch das Strahover Tor in die Stadt ergossen. Dabei hätten sie fast ihren jungen König Friedrich niedergerannt, der sich nach den üppigen Tafelfreuden den Anblick eines mörderischen Kampfes gönnen wollte. Als er sein Heer in völliger Auflösung sah, packte er seine Frau und die notwendigsten Habseligkeiten und entwich nach Böhmens Norden auf die königliche Burg Bösig. Die Bayern aber waren hinter ihm her. Er entkam ihnen jedoch abermals; da äscherten sie aus lauter Wut den gewaltigen, altehrwürdigen Bösig ein.

Inzwischen knatterten von den Türmen des Hradschin die weiß-blauen Rautenfahnen, und ein gar lustiges Plündern begann.

Gewitter über Aibling

Adam von Sternberg nahm jetzt seinen Posten als Oberstburggraf von Prag wieder ein, brauchte sich aber um nichts zu kümmern, weil die Stadt und die in ihr einquartierten Bayern unter dem Oberbefehl des Grafen Tilly standen. So reiste er denn mitten im kalten Winter nach Graupen. Diese Schlittenfahrt ins rauhe Erzgebirge war unbedacht. Kaum hatte er die Rosenburg, die vom geflohenen Oberpastor noch reichlich ausgeraubt worden war, betreten, legte er sich nieder und verschied am Heiligen Abend. Dem Altsee hatte er sein Prager Gestüt mit neun Pferden vermacht und den Rat gegeben, sich nach Bayern abzusetzen; dort könnten Leute seines Schlages ruhiger leben.

Simon war's zufrieden. Als das Frühjahr kam und das „Passauer Kriegsvolk" wieder heimwärts zog, schloß er sich mit seinem großen Familienwagen und einem guten Dutzend prächtiger Rösser den wilden Gesellen an. Anfangs wollten sie's nicht leiden. Als sie aber sahen, wie trefflich er sich auf Roß und Wagen verstand, beschäftigten sie ihn fortwährend und betrachteten ihn als einen der ihren. Besonders gern waren die Herren Offiziere um sein Weib herum, so daß er kaum vom Wagen sich zu entfernen wagte. Diese niederbayerische Zudringlichkeit schärfte ihm wieder den Blick für die Lieblichkeit Dalilas, und die gute Frau sah ihr Eheglück schon wieder neu erblühen. Als sie jedoch an die Donau kamen und die Passauer in ihre Quartiere verteilten, stand Simon Altsee mit seiner Familie allein da, auch sein Weib war wieder allein.

Er fuhr über den Gäuboden und hatte Glück in seinem Geschäft. Als er aber nach Straubing kam und bei seinen

Leuten, den Wechslern und Kaufherren, herumhorchte, fand er eiskalte Ablehung; fürchteten sie doch, er könnte sich ebenfalls in der Stadt niederlassen wollen.

So reiste er bald weiter nach München, wo er hinten in der Löwengrube bei zwei weitläufigen Bekannten, dem Moyses Kohn und dem Eli Montag Unterschlupf zu finden hoffte. Doch auch die warfen ihn hinaus: Solange er kein Geld habe, könne er in der Stadt nichts ausrichten! Er sei ein „Roßkamm" und gehöre aufs Land hinaus!

Dann schenkten sie ihm ein paar Gulden, damit er sich außerhalb der Mauern eine Unterkunft verschaffen könne.

Er verließ also München wieder. In seinem Munde und in seinem Herzen hatte er einen faden Geschmack. Im Dahinfahren auf der Landstraße fiel ihm plötzlich der Ort am Ölberg bei den Roten Buchen ein, den der Junker damals erwähnt hatte. So schlug er die Richtung zum Ammersee ein; denn die Leut hatten ihm gesagt, daß der Ort da hinauszu liege.

In Rottenbuch erwarb er sich vom Konrad Bacher hinten bei der Post das Austragshäusl. Das war zwar ziemlich heruntergekommen, hatte aber ein ordentliches Schindeldach und war innen trocken.

Der Herr Propst Michael Piscator im Augustinerkloster sah es nicht gern, als er sich da einnistete, und bangte um den Frieden in der Gemeinde. Denn wo Hennen sind, kommen Hähne hin. Unter den Burschen hatte sich's schon bald herumgesprochen, was für saubere Deandln in Bachers Austragshäusl herumwaberten; zwar noch arg jung, doch gut geraten und mollig im Fleische.

Der Simon war wie ein Zwingerhund. Was die sich bloß einbildeten! Bauer, gut! Sie müssen sein, denn er will ja mit ihnen Rösser handeln! Aber nicht gut für seine Töchter! Die hatten begehrliche Ärschlein und gehörten in goldene Nestlein: nach München zum Tuchmacher Moosbrucker oder zum Salzhändler Bergermeier oder ins Weinhaus Hammerthaler. Vielleicht könnte sogar ein kleiner Herr Baron anbeißen. Das mit denen ihrer Taufe, gerechter Gott, hat nichts zu sagen, gar nichts! Wasser ist Wasser!

So balzten denn die Rottenbucher Bauernburschen umsonst.

Und fünf Jahre, nachdem der Altsee sich bei ihnen niedergelassen hatte, waren seine drei Gänslein ausgeflogen, freilich nicht, ohne daß er ihre Gänseriche vorher tüchtig gerupft hatte. Jetzt kaufte er sich ein großes Haus am Platze mit einem Stall für zwanzig Rösser. Bald mußte er sich auch einen Knecht dazu dingen, denn sein Weib Dalila, das all diese Arbeit hätte tun sollen, erwies ihm den Gefallen nicht, sondern erwählte den besseren Teil und starb. Er hatte sie sowieso schon halb zu Tode geschunden, denn er war ein wüster Gesell. Sie wurde am Rottenbucher Gottesacker eingescharrt, gleich hinter dem Totenhäusl, wo die Ungetauften, die Irrgläubigen und die Selbstmörder liegen.

Seinen Roßknecht, den schwerhörigen Schorsch, bezahlte er gut, doch die Bauern hieb er übers Ohr, wo's nur ging. Gleichwohl handelten sie mit ihm, denn er hatte gute Rösser, die jetzt in diesem jahrelangen Kriege rar waren, nur eben sehr teuer. Sie mochten seine Ware, ihn selber mochten sie nicht. Darum nahmen sie ihn auch nicht in ihre dörfische Gemeinschaft auf. Saßen sie abends beim Wirt, und er wollte sich zu ihnen gesellen, rückten sie weg oder sagten ihm geradewegs ins Gesicht: „Dort drüben ist auch ein Tisch!"

So erregten sie einen maßlosen Zorn in seiner Brust; er haßte sie. Und sein Drang, sie zu „bescheißen" – wie sie sagten – wuchs mehr und mehr. Das hinwiederum konnte ihre Abneigung gegen ihn nicht verringern.

Da war aber auch noch etwas anderes; und das flößte den Rottenbuchern Angst vor dem Simon Altsee ein: Er leuchtete manchmal. Wenn er an Gewitterabenden unter seiner Haustür stand, sah man um seinen Kopf herum einen flimmernden Schein. Das war schrecklich anzusehen. Außerdem erzählten einige, die des Nachts an seinen Fenstern vorbeigegangen

waren, daß es in dem Hause „umgehe". Da seien vielerlei Stimmen zu hören, tobende und gequälte, aber auch quiekende Weiberstimmen, und dennoch sehe man weder Mannsen noch Weibsen aus- und eingehen. Etwas stimme da nicht.

Die Wahrnehmungen drangen natürlich auch an das Ohr des Herrn Propstes. Um der Harmonie und des dörfischen Friedens willen fühlte er sich verpflichtet, den Störenfried der guten Ordnung zu stellen. Er schickte darum einen Knecht und bat den Altsee zu sich. Der kam. Als ihm der hohe geistliche Herr wegen der nächtlichen Umtriebe in seinem Hause Vorhaltungen machte, entgegnete er: „Herr Piscator, ich hab Euch gute Pferde verkauft; Ihr habt mir gutes Geld gegeben. Ich kümmere mich nicht, wenn Ihr Euere Messen in der Kirche zelebriert; warum kümmert Ihr Euch, wenn ich meine Gebete in der Stube zelebriere? Ihr schuldet mir nicht, ich schulde Euch nicht! Was wollt Ihr? Wollt Ihr Unfrieden? Schämt Euch! Ich will Frieden!"

Die Abfuhr war deutlich, und der Propst ließ ihn gehen. Mit dem war nicht zu reden, er war glatt wie ein Aal! Aber es ist Vorsicht geboten, denn auch der Satan kommt wie der Dieb in der Nacht, und schon mancher böse Wolf schlich im Schafspelz daher, ehe er zu reißen begann! Man wird seinetwegen die Augen offenhalten müssen! –

Simon Altsee zählte jetzt gute Vierzig; ein Mann in der Blüte der Jahre. In Rottenbuch hätte er es nicht wagen dürfen, sich einem Mädchen oder einer Wittib zu nähern, denn alle waren von dem nächtlichen Spuk in seinem Hause abgeschreckt; nicht mit zehn Rössern hätte man eine zu ihm hineingebracht. Um so wilder jedoch trieb er's auswärts. Keine Herberg gab's zwischen Ried im Innviertel und Buchau am Federsee, die er nicht gekannt hätte; keine Magd darin, die ihm nicht beim Bettwärmen gerne behilflich gewesen wäre. Sogar ehrsame Bauerndirndln freuten sich, wenn er kam und sich ihrer für ein kleines halbes Stündchen irgendwo hinter einem Strohschober oder in einem Krautacker insgeheim annahm. Und der Ruf von der Kraft seiner Lenden verbreitete sich von Weibermund zu Weiberohr im ganzen Pfaffenwinkel und weit darüber hinaus.

Kein Wunder, daß manch ein sauberer Bursch kaltschnappte und den Altsee haßte wie die Pest. Kein Wunder auch, daß sie sich da und dort absprachen, um dem Wüstling einmal gründlich am Zeug zu flicken. Das geschah erstmals in Aibling, im Jahre des Regensburger Reichstages 1630, wo man – wie sich die Bierdimpfl erzählten – den kaiserlichen Feldherrn Wallenstein an die Luft gesetzt hatte, dank der Bemühungen des bayerischen Herrn Maximilian. Da war der Altsee von einer Handelsreise aus dem Rottal auf dem Heimwege in der Schloßschänke unter der alten Aiblinger Burg eingekehrt, wo das Wirtstöchterlein Annmarei – zwar nicht mehr die Jüngste, aber wegen zu erhoffender Gulden dennoch von vielen begehrt – ihm schon etlichemale zu beiderseitigem nicht geringem Vergnügen gefällig gewesen war. Nun glaubte aber der Lorenz, Mesnerssohn von Harthausen, wegen seiner allwöchentlichen Besuche nach altem Herkommen auf die Annmarei Vorrechte zu haben.

Gestützt darauf trommelte er an jenem Abend etliche handfeste Burschen zusammen, legte sich mit ihnen hinter der Schloßschänke auf die Lauer, und gemeinsam drangen sie über den Dachboden in die Kammer der Wirtstochter ein. Wie befürchtet, vermutet oder erwartet, fanden sie den Roßkamm bei ihr. Sie packten ihn, nackig wie er war, trieben ihn in die Nacht hinaus und jagten ihn im Schein einiger Fackeln laut schreiend durch die Gassen von Aibling. Da traten viele Bürgersleut, entsetzt und erheitert zugleich, an ihre Fenster und genossen mit Inbrunst den unglaublichen Aufzug. Ehe die Burschen den Altsee in der Herberge wieder ablieferten, verdroschen sie ihn mit dem Ochsenziemer noch derart, daß die Annmarei für den Rest der Nacht echte Samariterdienste tun mußte.

Am Morgen fuhr er auf seinem Steyrerwägelchen hinter Bruckmühl ins stille Tal der Mangfall hinein. Da hielt er an und stieg eine mäßige Böschung hinauf, so daß er über die herbstbraune Ebene hinüberschauen konnte zum sonnenhellen Aibling. Er griff in seine weiten Pluderhosen und zog daraus die gespaltene Wurzel hervor. Er reckte sie hoch empor und schwenkte sie hin und her; dabei stieß er bellende Laute aus. Es dauerte nicht lange, da schob sich vor die Sonne eine düstere Wolke, die mehr und mehr niedersank und gegen Aibling hintrieb. Bald war das Städtchen ganz eingehüllt. Mit einem Male fuhr aus der Wolke Blitz auf Blitz nieder, und der Donner rollte ohne Aufhören. Das dauerte nicht länger als zehn Minuten, da war das ganze Gewitter vorbei, doch an mehreren Stellen des Ortes schlugen Rauch und Flammen aus den Dächern. Und Simon Altsee murmelte in seinen schwarzen Bart: „Sela, jetzt habt ihr die Bescherung! Grasgrüner, das hast du gut gemacht!"

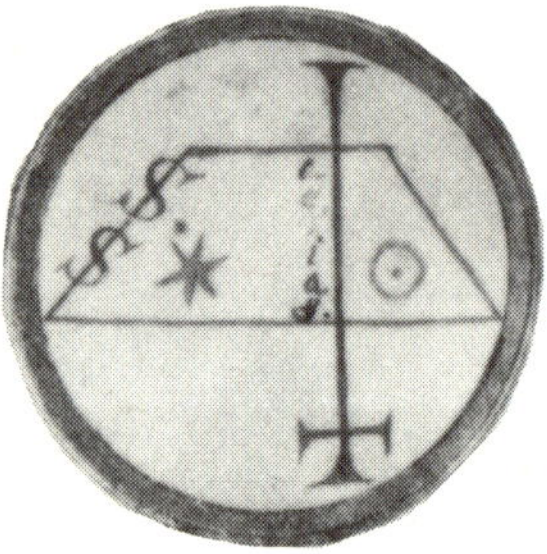

Der Salbentopf

Das verheerende Gewitter über Aibling gab der Bürgerschaft zu denken. Denn der Blitz hatte ausgerechnet in jene Gehöfte eingeschlagen, aus denen die Burschen stammten, die den Roßkamm verhauen hatten; ja, beim Mesner zu Harthausen war sogar alles ratzeputz abgebrannt. Ein paar Tage danach trafen sich die jungen Burschen wieder in der Schloßschänke zu später Stund und zitierten die Annmarei herbei. Und der Lorenz fing an: „'s wird dir nit unbekannt sein, Annmarei, daß sich die Säu' und der Dreck von klein auf kennen! Wie lang' ist's her, daß dir der Roßkamm in die Kammer steigt?"

„Weil du schon vom Dreck redest – das geht dich ein'n Dreck an!" Die feste Maid stemmte die Arme in die gewölbt ausschwingenden Hüften und stand da, als wollte sie's mit einem jeden aufnehmen.

„Du wirst verstehn", fuhr der Lorenz fort, „daß man ein ausgeschüttet Wasser nit mehr aufheben kann, aber man kann einatreten! Mit dir und mit mir ist's aus, nur noch nit ganz. Ich und meine Freund' sind nämlich da zwecks einem Denkzettel. Denkzettel sind bei uns der Brauch; du sollst den deinen kriegen!"

Darauf packten sie das stämmige Weib. Einer hielt ihr den Mund zu, einer die Hände nach hinten, einer hatte sich hingesetzt und ihre Beine umklammert, und der Mesner-Lorenz löste ihr das üppige Haar auf und fuhr mit der Schere hinein von allen Seiten. Da fielen die braunen Flechten nieder nach hierhin und dorthin, und der Kopf der Annmarei sah aus wie die Henne unterm Schwanz, wenn sie sich mausert. Ein Bild zum Erbarmen!

Anderen Tags war der Schloßwirt beim Bürgermeister und verklagte die Burschen.

Bedächtig meinte der würdige Mann: „Wirt, bist selber schuld! Die Jungfern und die Eier soll man nit zu lange aufheben. Hätt'st du sie schon vor Jahren dem Lorenz geben, wär sie nit vor dem Zusammenläuten mit dem Roßkamm in die Kirch' gangen! Sie hat eben dein Geblüt, – will die Mägde nit aufzählen, deren Kinder nach dir schrein, weil sie keinen anderen Vater nit haben! Damit aber die Sach ihre Ordnung hat, werd ich dem Herrn Propsten zu Rottenbuch ein Schreiben schicken. Derweil pfüat di, Wirt!"

Herr Michael Piscator las den Brief und schüttelte den Kopf: Weiß der Himmel. wenn das so weitergeht, dann entwickelt sich der Altsee noch zu einer Landplage! Von überall her kommen Klagen wider ihn, aus den Stiftsdörfern von Peiting bis Oberammergau vor allem. Wo immer er kann, fällt er über die Weiber her. Neulich hat er sogar bei einer Hochzeit einen Burschen erstochen, der sein Mädl vor ihm beschützen wollte. Der Mann benimmt sich ganz aus der Weis'! So darf das nicht weitergehen!

Piscator schickte Boten aus und bestellte die einzelnen Gemeindevorsteher und auch ein paar Pfarrherren auf Mariä Namenstag nach Rottenbuch in den Konvent.

Er berichtete ihnen, was in Aibling geschehen war, und mußte sich von ihnen andere Missetaten des Altsee erzählen lassen, die er reihum in ihren Dörfern begangen hatte; und es waren ihrer nicht wenig. Am meisten waren die Männer erbost über die Unverfrorenheit, mit der er sich ihren Weibern und Mägden näherte. Als ob er's riechen würde, wenn sie allein sind! Plötzlich stand er hinter ihnen – am Feld, in der Kuchel, im Wurzgarten, am Heuboden, im Stall – und hatte sie genommen, ehe sie sich's versahen, und das so geschwind, daß sie kaum zum Aufatmen kamen. Was aber das Schlimmste war: die Opfer seiner Begierde empfanden keinerlei Abscheu oder Entsetzen; im Gegenteil, die Mägde pflegten bei der

Erzählung des Hergangs sogar noch zu grinsen – nicht zu reden von der Anselma Pichlerin von Saulgrub, die in der Nachbarschaft erklärt hatte, sie werde ihren Alten demnächst nach Rottenbuch schicken, damit er beim Roßkamm in die Lehr' gehe.

Der Herr Propst machte ein vergrämtes Gesicht: Wahrhaftig, es sah böse aus! Man war auf dem geraden Wege nach Sodom und Gomorrha, und nur wegen dem Altsee! Sollte man nicht den Landrichter von Schongau ersuchen, seine Schergen zu schicken, damit sie den üblen Gesellen nach München brächten zum Geheimen Rat? Der würde nicht viel Federlesens machen, namentlich jetzt nicht, wo wegen des Krieges sowieso die Sitten weniger und die unehelichen Kinder mehr wurden!

In die entstandene Stille hinein gab der Vorsteher von Wildsteig zu bedenken, daß man, gerade was die unehelichen Kinder beträfe, die Schuld nicht allein auf den Altsee schieben dürfe; es gäbe nämlich noch allerhand andere Saubären in der Gegend, die es nur nicht so offensichtlich, doch ebenso niederträchtig trieben. Außerdem solle man nicht vergessen, daß man in dieser schweren Zeit von nirgendwoher ein anständiges Roß bekomme, wenn nicht vom Altsee. Es sei geradezu ein Rätsel, wo er sie immer wieder herbringe! Wenn man ihn also aus dem Pfaffenwinkel verjage oder gar den Münchnern übergebe, werde man inskünftig dumm dreinschauen, zumal an ein Kriegsende vorderhand nicht zu denken sei. Und der Vorsteher schloß: „Was ist unsereiner auf dem Land heraußʼ für ein armer Hund, wenn er kein ordentliches Roß nit hat!"

Diesen Bedenken pflichteten alle bei, selbst der Herr Propst Piscator, denn auch in seinem Stall standen Altsees Rösser.

Jetzt meldete sich der Pfarrer Eberstößer von Saulgrub, der sich bisher sehr still verhalten hatte, und meinte, daß viele Bauern seines Kirchspiels und auch er selber vom Altsee Geld geliehen hätten. Wenn man den Mann anzeige, werde er sicherlich vor Gericht erklären, man wolle ihn bloß weghaben, um sich der Schulden zu entledigen.

Über diese Bemerkung war der Propst entsetzt: „Was? Bei einem solchen Menschen habt Ihr, ein Mann Gottes, Geld geliehen? Schande über Euch! Konntet Ihr denn nicht zu mir kommen? Jetzt hat er Euch in der Hand!"

Der Pfarrer entgegnete „Gnädiger Herr, zu Euch konnt' ich nit kommen. Denn Ihr hättet mich gefragt, zu welchem End ich das Geld bräucht' und das hätt' ich Euch doch nit sagen können."

Weil der Propst abermals das Haupt schüttelte, fuhr der Pfarrer Eberstößer in seiner pomadigen Art fort: „Ich weiß schon, liebe Herren, daß Ihr mir die Sünden meines ungezügelten Fleisches mitnichten verzeihen könnt; und ich versteh's. Doch solltet Ihr nit so rasch einen Stab brechen über dem Altsee, denn ich geb' Euch die Versicherung, daß in den meisten Fällen die Weiber schuld sind, wenn ein Mannsbild sich an ihnen vergreift. Mit Gewalt macht's nämlich selten einer, weil's ja dann keinen Spaß nit machen tät!"

Da schwiegen sie alle, einige grinsten. Darauf erhob sich der Herr Piscator und meinte: „So war unsere Zusammenkunft umsonst. Betet, liebe Freunde, daß unsere Herden von jeglichem Satan verschont bleiben, er komme woher auch immer!"

Simon Altsee indes hatte von all dem, was sich da im Konvent der Herren Augustiner begab, keine Ahnung und ging schon wieder auf einen neuen Raubzug aus. Sein Nachbar, der Binder-Jakl, hatte da eine fünfzehnjährige Tochter Margarethe, die – wie die Leut sagten – bei kranker Vernunft war. Der Kopf saß ihr ein wenig schief auf dem Genack, sonst aber war sie fest beinand und versorgte die dreizehn Kühe und fünf Kalbinnen aufs beste. Das war auch gut so, denn die Mutter kränkelte schon seit Jahren, weil ihr die vielen Kinder – dreizehn waren's, genau wie die Küh' – die Freud am Leben vergällt hatten. Was ist aber eine Bäuerin ohne Freud!

Simon Altsee hat sich dem Teufel verschworen und hat mit ihm unausgesetzte Freundschaft gehabt.

Dann hat er seinem Nachbarn ein Töchterlein von fünfzehn Jahren, Margaretha mit Namen, dergestalten zugericht, daß es großen Schmerzen leiden und sterben müssen.

Als er, noch Ledigstands, auf einer Hochzeit wegen eines ihm verehrten Kranzes mit einem anderen in Ungelegenheit geraten und dieser mit einem Säbel ihm den Kranz und Hut auf dem Kopf entzwei gehaut, hat er sein Rapier, so bei dem Ohrband rostig gewest, endlich aus der Scheid herausgebracht und damit seinen Gegenteil gleich im ersten Stich durch und durch gestochen.

Als die Margarethe einmal nach Feierabend über den Platz ging, ruckuzte der Altsee, der gern unter der Türe stand, sie an wie ein geiler Täuberich: „Besuchst die Godl? Willst den Altsee nit besuchen?“

„Wollen tat ich schon“, erwiderte das Mädchen, „aber die Leut sagen, daß sich's nit g'hört, wenn ein Weiberts zum Wittiber geht. Und du bist doch ein Wittiber?“

„Freilich bin ich ein Wittiber, aber ich möcht' dir gern was zeigen.“

„Was willst mir denn zeigen? Ist's was Liabs?“

„Ganz was Liabs! Komm nur, komm!“

Und sie ging zu ihm hinein.

Es ist nicht offenbar geworden, was er an diesem Abend und in den Nächten der folgenden zwei Monate mit ihr getrieben hat. Sicher ist, daß sie fast jede Nacht bei ihm war; sicher auch, daß sie am End nur noch ihr eigener Schatten war. So hatte er sie zugerichtet. Als man an Sankt Cäcilia ihren ausgemergelten Leib, der schon lange keinen Zentner mehr wog, auf den Gottesacker trug und bei der Großmutter einscharrte, schrie der Binder-Jakl über die Gräber: „Gehts hoam, Leit! Koa Totensuppen gibt's nit!“ Dann riß er das Drahtgestell mit den farbigen Papierblumen, den Federn und dem Silberflitter vom Sarg herunter und warf die ganze „Krone“ – so nannte man dieses Gestell – in die Grube hinab. Alle Jungfern, die diese Krone geflochten und geschmückt hatten, heulten laut auf und wären über den verbitterten Vater hergefallen, wenn ihnen der Klosterdechant, der mit am Grabe stand, nicht Einhalt geboten hätte.

Obwohl sie nicht zur Totensuppe geladen waren, gingen doch alle nach dem Begräbnis ins Wirtshaus. Da wurde nun deutlich, wie sehr sie den Altsee auf der Latten hatten. Und es wurden Stimmen laut, ihn ohne viel Aufhebens um die Ecke zu bringen, nachdem der Herr Propst keine Schneid nit hätte. Zur Ausführung dieses Vorhabens kam es jedoch nicht, weil sich am Horizont ein ganz anderer Feind zeigte: der Schwedenkönig Gustav Adolph mit seiner mörderischen Horde. Nachdem sie ihm bei der erfolglosen Belagerung der bayerischen Landesfestung Ingolstadt das Roß unter dem Hintern weggeschossen hatten, zog er auf München zu und schickte auch ein Kontributionskommando nach Rottenbuch. Propst Michael Piscator war mit seinem Konvent und dem Klosterschatz gegen Süden geflohen, so daß die Schweden ihrem Unmut darüber durch Brand, Plünderung und Vergewaltigung Luft machten. Da gab's im Pfaffenwinkel kein einzig halbwegs ansehnlich Weib, das unberührt geblieben wäre, es sei denn, sie hätt sich ins Gebirg verzogen gehabt. Das aber konnten die wenigsten; wovon hätten sie denn dort leben sollen!

Einer war entwichen: Simon Altsee. Er hatte seine Rösser genommen, war bei Braunau über den Inn gegangen und hatte sich zu Ried vorm Hausruck niedergelassen. „Man muß bessere Zeiten abwarten!" hatte er gesagt und dabei dem Marktrichter hundert Reichstaler in die Hand gedrückt. Diese Taler und noch andere schlossen ihm die Türen im ganzen Marktflecken auf, vor allem die Türen der Schlafkammern; denn die Riederinnen waren damals eine edle Rass' und von ihren leinwandwebenden Männern, den „Mostschädeln", recht vernachlässigt. Kein Wunder also, daß der Roßkamm alle Hände voll zu tun hatte!

In diese Zeit fiel auch seine Begegnung mit der Benedikten-Marie, der Schafferin auf Schloß Eberschwang. Die stand in seinen Jahren und trieb seit langem schon allerhand Mummenschanz und Zauberei. Im besonderen verstand sie sich darauf, den vorzeitig Geschwängerten die Leibesfrucht abzutreiben, und wurde darum insgeheim nur die „Engelmacherin" genannt. Mit ihr tat sich der Altsee zusammen, und gemeinsam feierten sie im Schafferhäuschen neben dem Schloß allwöchentlich den Hexensabbat. Dabei pflegte jedesmal jener Junker vom Mückenberg mit anderen Unholdinnen sich einzustellen, desgleichen eine langhaarige Frau auf einem Ziegenbock, die an einer Gabel einen Salbentopf mitbrachte.

Mit dieser Salbe schmierten alle sich gegenseitig ein, ehe sie ihre Zeremonien begannen, wobei es zu allerhand Unzucht und „mixtura carnalis“ kam. Es folgten orgiastische Tänze, unterbrochen von ekelhaften Mahlzeiten, Liebestränken und blasphemischen Gebeten, bis dann die ganze teuflische Gesellschaft ausfuhr, wohin der viechische Geist sie trieb. Die Knechte und Mägde auf Eberschwang, die bisweilen am Schafferhäuschen vorbeikamen, wollten öfters ein Jubeln gedämpfter Stimmen gehört haben, was ihnen jedoch der Herr Vikar nicht glaubte. Warum glaubte er's nicht? Weil ihn der Altsee schon im voraus für diesen Unglauben mit einem stattlichen Reitpferd bezahlt hatte.

Die Schweden trieben sich immer noch nördlich des Inns im Bayernland herum, bis sie im Sommer 1634 von einem Heerhaufen spanischer Soldaten vertrieben wurden, – aber nicht, als ob diese Spanier tapfer gewesen wären, nein, sie trugen die Pest an ihren zuchtlosen Leibern und steckten an, wen immer sie berührten. In München ist damals der dritte Teil aller Einwohner diesem Würgeengel zum Opfer gefallen. Darum entwichen die Schweden, darum blieb auch der Herr Kurfürst Maximilian in seiner Festung Braunau bis in den Mai des folgenden Jahres.

Als er in seine Landeshauptstadt zurückkehrte, verließ auch Simon Altsee das freundliche Ried und die laut weinende Benedikten-Marie von Eberschwang und begab sich wieder nach Rottenbuch in sein Haus am Platze. Das war freilich nach den drei verflossenen Jahren kaum wiederzuerkennen; denn dessen, was die Schweden ganz gelassen hatten, hatten sich die lieben Nachbarn bemächtigt, oder es war von den Unbilden der Witterung zerstört worden.

DER COR CADEN EIN

Gespaltene Wurzel und Fasanenhennen

Kurz vor dem Altsee war auch der Konvent der Herren Augustiner wieder im Kloster eingetroffen. Sie hatten die Hände über dem Kopf zusammengeschlagen ob des Greuels der Verwüstung, der sich ihnen darbot. Auch dieser Greuel stammte – gleich wie beim Roßkamm – nicht allein von den Schweden, sondern mehr noch von den nächtlichen Raubzügen verschiedener Ortsinsassen. Sie hatten sich die kostbarsten Bilderrahmen und geschnitzten Schränke, die schweren, mit edlen Hölzern eingelegten Türen geholt und auf der Tenne oder am Heuboden versteckt. Mit der Zeit war ihnen freilich klar geworden, daß sie dieser Dinge sich nie würden bedienen können. Da hatten sie's zerhackt und in den Backofen geschoben, obwohl es ihnen an Brennholz nie gebrach.

Überhaupt bemächtigte sich jetzt der Rottenbucher ihren Klosterherren gegenüber eine immer gereiztere Stimmung. Sie konnten es ihnen nicht vergessen, daß sie geflohen waren und den Ort gerade in den fürchterlichen Monaten der feindlichen Gewalttätigkeiten ohne geistlichen Trost und ohne die Hilfe der eucharistischen Gnaden gelassen hatten. Die Augustiner waren genau so feig gewesen wie die Kapuziner, Jesuiten und Reformaten in München während der Pest; keiner von denen hatte sich der Infizierten in den Brechhäusern angenommen. Den Augsburger Adam Dux hatte man kommen lassen müssen, damit er für sechs Reichstaler wöchentlich die Dahinkrepierenden betreute. Der Altsee, daß der das Weite gesucht hatte, bei Gott, das war ihm nicht zu verargen! Denn einmal glaubte er sowieso an nichts anderes als an seinen Geldsack; und dann wär' er ja ungeschickt gewesen, wenn er –

frei und ledig, wie er war – sich den schwedischen Drangsalen ausgesetzt hätte. Man rechnete es ihm sogar hoch an, daß er überhaupt wieder zurückgekommen war. Diese Anerkennung steigerte sich gar bis zur Bewunderung und Verehrung, als bekannt wurde, daß er zu etlichen Kleinbauern, die vor Jahren Geld bei ihm geborgt hatten, hingegangen war und ihnen die zerrissenen Schuldscheine vor die Füße geworfen hatte. Wenn schon solches die Gottlosen taten, was durfte man da erst von den Geistlichen erwarten!

Indes, die Maßnahmen des Herrn Propstes Piscator blieben hinter den gehegten Erwartungen der Rottenbucher weit zurück! Wohl ließ er ihnen für dieses Jahr Pacht und Zehent nach, verlangte aber in den Wochen der herbstlichen Feldbestellung verstärkten Scharwerksdienst auf den klösterlichen Ackergründen, nachdem er sich vom Tochterkonvent in Klosterrath bei Aachen vortreffliches Saatgut beschafft hatte. Hätte er für sie nicht auch eins beschaffen können? Aber nein, nur die Gemeindevorsteher waren mit etlichen Metzen Korn und Hafer bedacht worden, und noch ein paar von seine Leut'!

So zischelten und geiferten die von Rottenbuch. Als dann aber die Felder bestellt waren und der Winter seine weiße Decke darüberbreitete, kamen sie beim Wirt und beim Binder-Jakl zusammen – aus Langenried, vom Schwarzenbach, von Wackhau, Böbing und von Lauterbach – und heckten böse Pläne aus, angefangen von der Verweigerung des Hand- und Spanndienstes beim Wiederaufbau von Kloster und Kirche bis zur Vernichtung der eingebrachten künftigen Ernte in den Scheunen und des neuen aus dem Tirol eingeführten Viehbestandes in den Ställen. So voller Haß waren sie!

Die armen Irren! Sie hatten nicht mit dem Simon Altsee gerechnet! Als Nachbar des Jakl war es ihm wegen seiner vom Junker erworbenen Fähigkeiten möglich, durch Mauerwände zu hören und klafterweit entfernte Gespräche zu vernehmen. So vernahm er alles, was drüben geredet wurde. Nicht daß er die Herren Augustiner sonderlich gemocht hätte; aber daß die

Bauern jetzt gegen ihre jahrhundertelangen Brotgeber aufmucken wollten, das ging ihm gegen den Strich.

Kurz nach Neujahr ließ er den Herrn Propst Piscator bitten, ihm einen Besuch machen zu dürfen. Als er vor dem hohen Geistlichen im notdürftig getünchten Vestibül stand, sagte er: „Bin zwar keine Frau Kurfürstin von Bayern, habe auch keine Goldmonstranz als Neujahrsgeschenk anzubieten, doch komme ich nicht mit leeren Händen." Und dann berichtete er, was er erfahren hatte.

Michael Piscator war über die Nachricht erschüttert und zunächst nicht bereit, sie zu glauben. Im weiteren Verlauf der Unterredung kam er jedoch zur Überzeugung, daß der Mann die Wahrheit sprach.

„Simon Altsee", sagte er am End, „dein Freund bin ich nicht und kann es nie sein, doch das werde ich dir nicht vergessen!"

Der Roßkamm empfand diese Bemerkung des Propstes wie einen guten Wein und schlürfte sie genüßlich. Denn ihn nicht gegen sich zu haben, war ein Triumph. Triumphe muß man sich freilich etwas kosten lassen! Womit wird er zahlen? und wie wird er zahlen? und wann wird er zahlen?

Der Sommer kam ins Land der Ammer. Alles reifte einer guten Ernte entgegen, das Heu auf den Wiesen und Drieschen, Roggen und Hafer und Gerste auf den Äckern. Und der Propst Piscator ließ durch seinen Schaffer Weisungen ergehen an seine Leut – so wie jedes Jahr –, sich für den Schnitt bereitzuhalten.

Doch da begann das große Aufbegehren. Die Bauern in den Stiftsdörfern ließen ihn wissen, sie hätten auf ihren eigenen Gründen genug zu tun und sähen sich außerstande, in absehbarer Zeit auf den klösterlichen Feldern Knechtsdienste zu verrichten. Außerdem müsse die Bauernschinderei endlich aufhören, denn schon anno 1525 habe man den weltlichen und geistlichen Herren in zwölf Artikeln erklärt, daß für den kleinen Mann eine neue, bessere Zeit angebrochen sei.

Michael Piscator war ein verständnisvoller Mann. Der Krieg macht sie rebellisch, sagte er sich. Sicher meinen sie es nicht so.

Man wird ihnen erklären müssen, daß man nur ihr Bestes wolle.

Und er schrieb ein Sendschreiben dieses Inhalts an sie: „Ihr lieben Bauersleut! Ihr habt euch entschlossen, dem Kloster eueren schuldigen Gehorsam aufzukündigen. Ihr wißt aber auch, daß ich gegen euch das Herrschaftsgericht anrufen könnt. Das werde ich jedoch nicht tun, denn ich kann mir denken, daß euch nur der eine oder andere Heißsporn aufgewiegelt hat. Hört nicht auf diese Heißsporne, denn ich mein' es gut mit euch! Ich hab das teure Saatgut ja nicht allein fürs Kloster aus Aachen kommen lassen, sondern ebenso für euch. Wenn wir die Ernte mit der Gnade Gottes gut hereinbringen, dann werden wir einen so reichen Ertrag haben, daß jedermann von diesem Saatgut erhalten kann, soviel er braucht. So ist dann auch euch gedient. Seid also nicht wie die bösen Hunde hinterm Zaun, die unaufhörlich belfern! Mit Gebelfer erreicht man im Leben nichts Gutes, sondern man macht sich nur ein verbittert Herz. Halten doch wenigstens wir in diesen traurigen Kriegszeiten friedlich zusammen und sträuben wir nicht die Haare auf dem Buckel! Dann wird uns bei aller Not nichts mangeln!"

„Merkt ihr's, wie er zu Kreuze kriecht?" sagten sie zueinander, als sie wieder beim Binder-Jakl heimlich versammelt waren. „Jetzt müssen wir hart bleiben und immer härter werden! Wer auch nur einen Sensenzug auf den Klostergründen tut, ist ein Verräter! Wir werden ihn genau so strafen, wie den Piscator!"

Da lachte der Simon Altsee hinter der Mauer und fragte laut in seine leere Stube hinein: „Wer straft wen?" Dann griff er in die Pluderhose hinein, spürte mit den Fingern nach der gespaltenen Wurzel und lachte abermals.

Vierzehn Tage später.

Herrlich wogten die braunen Ähren im leisen Reifewind, der vom Schwäbischen herüberstrich. Wie flirrender Sand rieselte die Sommerhitze durch die dürren Halme und gab den

Grillen am Wegrain die schrillsten Liebeslieder ein. Jeder Stiftsbauer ließ die Sense durch sein eigenes Feld rauschen; die weiten Klostergründe aber lagen menschenleer.

Da sahen doch wahrhaftig die Bauern drüberhalb von Rottenbuch und die zu Lauterbach, auch die zu Roßhaupt und die neben Saulgrub den Roßkamm gemächlich durch ihre Felder reiten. Er hielt etwas in der Hand und fuchtelte damit nach hierhin und dorthin; er stand im Sattel auf und blies mit vollen Backen bald gegen dieses Ährenfeld, bald gegen jenes. Und manchmal bellte er wie ein stimmbrüchiger Hund. Kaum war er aber ein gut Stück in der Ferne verschwunden, fuhr ein Wirbelwind daher, und eine dicke, dunkle Wolke senkte sich nieder, daraus unaufhörlich Blitze zuckten und Hagelschlossen scheppernd auf Fluren und Äcker prasselten. Es dauerte gar nicht lange, da war das unheilvolle Gewölk vorbeigezogen, und die liebe Sonne strahlte wieder wie vordem, doch sie strahlte auf zerschmetterte Getreidefelder. Kein Halm mehr stand aufrecht, keine Garbe war heilgeblieben, und den Peitinger-Michl, der auf der Höhe von Echelsbach sein Korn geschnitten, hatte der Blitz erschlagen. Was war das doch für ein Unwetter gewesen! Die weiten klösterlichen Getreidefelder hatte es unberührt gelassen; die handtuchgroßen Äckerlein der Bauern dagegen zusammengedroschen. Und das überall bei den Rottenbuch'schen Stiftsdörfern.

Indem sie sich darüber unterhielten und überlegten, wie ihrer Not zu begegnen sei, erinnerten sich etliche der Zusammenkunft beim Propst, als damals der Bürgermeister von Aibling jenen Brief über den Altsee geschrieben hatte. Darin war ebenfalls von einem Unwetter die Red' gewesen; nur hatte es dort eine Reihe von Häusern zerstört. War denn nicht auch diesmal der Roßkamm durch die Felder gestreunt? Und die verrückten Gesten, die er dabei gemacht hatte! Weiß der Himmel, der Gesell hat's mit dem Teufel! Man weiß doch, wie's manchmal bei ihm im Hause zugeht! Verschon' uns, o Herr!

Er hat unterschiedliche von ihm zugerichtete Hagelwetter bekannt, in specie elf.

Vor vierzehn Jahren hat er mit drei bereits toten Gesellen einen unbekannten Mann zwischen Steingaden und Rottenbuch in einem Busch angetroffen, angetastet und gezwungen, daß er sich bis aufs Hemd ausgezogen und ihm elf Taler abgenommen, davon der Altsee fünf erhalten hat.

Der Malefikant bekennt, daß er sogar hochheiligste Hostien zweimal um einen geringen Wert verkauft,
mit Füßen getreten,
weiters einem Hund zu essen vorgeworfen, dann auch in ein Spülwasser getan, daß es die Kälber getrunken haben.

Und was jetzt? Jetzt mußte man notgedrungen zum Propst gehen, mußte sich ihm anbieten, damit man von seinem Getreide bekäme. Es gab keinen Ausweg!

Als die Kunde von diesem seltsamen Unwetter dem Propst zu Ohren kam, empfand er Mitleid mit seinen Bauern. Gleichzeitig wurde ihm aber auch unheimlich zumute. Denn wenn das stimmte, was sie vom Simon Altsee erzählt hatten, dann war der Mann ein Hexer, und Hexer gehörten vor die heilige Inquisition! Indes, wer darf schon einen Mitmenschen vor dieses fürchterliche Gericht bringen! Weiß man doch, daß dort im peinlichen Verhör jede gewünschte Antwort durch die Folter erzwungen wird; der gelehrte Jesuitenpater Friedrich von Spee hat's ja bezeugt, – und der soll über zweihundert Hexen zum Tode geleitet haben, und keine sei schuldig gewesen! Zeigt man aber den Altsee nicht an, so treibt er sein Unwesen weiter und weiter. Denn seit dem schrecklichen Sterben der Margarethe Binderin ist nicht mehr zu leugnen, daß der Roßkamm übersinnliche Kräfte besitzt und sie rücksichtslos einsetzt, wenn's um sein Wohl und Wehe geht. Mit ihm sich anzulegen, kann lebensgefährlich sein! Soll nun er, Michael Piscator, seinen gewaltigen Plan, nämlich Kirche und Kloster von Rottenbuch glanzvoll zu erneuern, seinetwegen aufs Spiel setzen? Oder wäre es nicht genug, ihn einfach links liegen zu lassen und zu warten, bis er einem Land- oder Herrschaftsgericht ins Garn geht? Dabei könnte man dann immer noch gegen ihn auftreten und als beredter Zeuge aussagen! Im gegenwärtigen Zeitpunkt jedoch war man ihm sogar zu Dank verpflichtet; denn daß sich jetzt die Bauern auf den klösterlichen Feldern mühten und allen Aufruhr vergessen hatten, mußte man letzten Endes dieser „Hexerei" zuschreiben.

Der Propst scherte sich also nicht weiter um das, was den Altsee betraf. Er lobte seine Bauern und schenkte ihnen am Ende der Ernte reichlich Saatgut, so daß ihre Hand-, Spann- und Scharwerksdienste zehnfach abgegolten waren.

So wäre der Friede wiederhergestellt gewesen, wenn sich nicht einer widersetzt hätte: der Wirt Sebastian Stengl. Er, der zugleich auch Metzger war, verstand es, sein Brunnenwasser doppelt gut zu verkaufen: in seinen Würsten und in seinem gepanschten Wein. Das brachte natürlich Geld und machte reich. Die reichen Bauernschädel aber – so hieß es – haben ihre Mucken; vor allem wollen sie niemanden über sich haben. So auch der Sebastian. Es giftete ihn, daß sich die Leut schier allesamt im Kloster zu schaffen machten, daß sie dort sogar aus Kuchel und Keller versorgt wurden und seine Wirtschaft mieden. Kaum daß am heiligen Sonntag noch ein anständiger Schafkopf zusammenkam! Das waren doch trostlose Zustände! Und wer war schuld? Der Propst mit seinem Tiroler Wein und seinem frommen Gered'! Da mußte etwas geschehen!

Die Not macht erfinderisch, mehr noch der Haß: er macht sogar teuflisch. Sebastian Stengl pirschte sich an ein paar Stiftsknechte heran und erfuhr, daß der Herr Piscator demnächst wieder ins Tirol reisen werde; er habe nämlich angeordnet, den Viererzug zu richten.

In der Nacht vor der Abfahrt des hohen Herrn schlich sich Sebastian in den klösterlichen Wagenschuppen und sägte am Reisewagen etliche Radspeichen an. Heimgekehrt in seine Scheune, packte er einen Sack voller Fasanenhennen, die ihm tags zuvor an seinem Krautacker ins Netz gegangen waren, und machte sich auf zur Ammerschlucht bei Echelsbach. In der Hälfte des steil hinabführenden Weges zog er einen geborstenen Stamm aus dem Niederholz und legte ihn quer über die ausgeschwemmte Fahrspur. Darauf hockte er sich ein Stück weiter oben mit den Hennen in den Hinterhalt.

Zwei Stunden nach Sonnenaufgang erreichte der Viererzug des Herrn Propstes den Schluchtweg. Einer der beiden verschlafenen Kutschknechte hängte vor einem Hinterrad den Hemmschuh ein, dann ging's sachte hinab. Als sie so recht in die abschüssige Kehre kamen, schwirrten plötzlich an die zehn

Fasanen aus dem Gebüsch. Die Rösser erschraken, bäumten sich auf, schlugen aus und jagten hinunter. Über den querliegenden Baumstrunk setzten sie hinweg, der Wagen aber kam nicht drüber, sondern prallte hart auf den sperrigen Stamm, so daß ein Rad zersplitterte. Dann kippte er nach der Schlucht hin um. Im allerletzten Augenblick wurde der Propst zur aufgesprungenen Tür herausgeschleudert, rutschte dem Wagen nach, blieb jedoch, von einem verwitterten Felsbrocken aufgehalten, wie tot liegen.

Die vorher abgesprungenen Kutscher brachten ihren Herrn mit gebrochenem Arm und zerschundenem Gesicht um die Mittagszeit nach Schönberg. Und abends konnte ihn bereits der Bruder Infirmarius im Stift Rottenbuch behandeln, schienen und mit allerlei Latwergen traktieren.

Durch Rottenbuch und die umliegenden Dörfer und Weiler aber ging's wie ein Lauffeuer: Am Wagen war ein Rad angesägt!

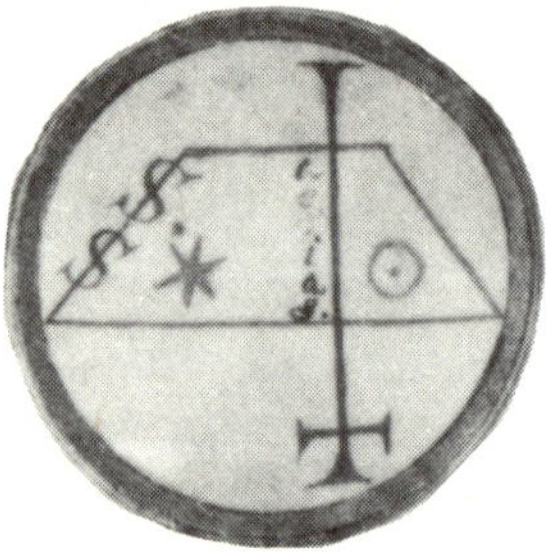

In der Schleifmühlenklamm

Wenige Tage nach diesem Anschlag auf den Herrn Propst Michael Piscator fanden sich etliche Herren vom Pfleggericht Schongau im Stift ein und begannen nachzuforschen. Bald stand fest, daß nur auf zwei Männer der Verdacht fallen konnte: auf den Händler Simon Altsee, der kein Christ war, und auf den Wirt Sebastian Stengl, der ein schlechter war.

Auf Verlangen des Herrn Piscator wurde der Altsee von weiterer Verfolgung ausgeklammert. Gefragt, warum, erklärte der hohe Herr, daß er dem Manne wegen einer besonderen Wohltat in hohem Maße zu Dank verbunden sei und sich deshalb nicht vorstellen könne, weshalb ausgerechnet er sein Verderben gewünscht haben sollte. Anders verhalte es sich freilich mit dem Wirt. Dem hatte der liebe Herrgott vor drei oder vier Jahren nach langjähriger Ehe ein Kind geschenkt. Doch der verstockte Mensch hatte seinem Weibe untersagt, sich nach sechs Wochen der kirchlichen Ordnung gemäß „herfürgesegnen“ zu lassen, damit sie wieder rein sei. Nun habe sich die ungesegnete Frau all die Jahre her nicht mehr ins Gotteshaus getraut, woraus ihr viel Herzeleid erwachsen sei. Außerdem sei der Sebastian dem Kloster spinnefeind, weil sich die hörigen Bauern kaum mehr in seiner Wirtschaft blicken ließen.

„Und Ihr haltet's für möglich“, fragte ein Gerichtsherr, „daß er unbeachtet in Eueren Wagenschuppen eindringen konnte?“

„Beweisen können wir's ihm nit, doch möglich wär's, denn er ist ein großer Hintherum und aufrichtig wie eine Mausefalle!“ Das sagte der Bruder Ökonom, worauf aber der Propst mißbilligend den verbundenen Kopf schüttelte.

Nun gingen die vom Gericht in die Wirtschaft. Sie sahen sich um und fingen dann an, den Knecht und die zwei Mägde auszufragen. Die wußten aber von nichts. Nur der vorlaute Hüterbub, der auch mitreden wollte, warf die Bemerkung hin: „I hab in der Scheune ein'n Sack g'sehn, der wo si g'rührt hat, und gackert hat er aa, der Sack!“

Das klang sehr lustig und die Herren mußten lächeln, wurden aber gleich wieder ernst und fragten den Buben weiter aus: wann er den Sack gesehen und was er sich dabei gedacht habe, wie lange der Sack in der Scheune gelegen und wann er verschwunden sei, ob er den Sack aus anderen Säcken herauskennen würde. Der Bub antwortete g'schaftig, eilte davon und kehrte alsbald mit einem Sack zurück, darin ein paar Fasanenfedern steckten.

Die Gerichtsherren verzogen keine Miene, nahmen aber den Sack mit. Im Stift baten sie den Propst, einen Berittenen nach Schongau abzuordnen. Dem gaben sie ein Schreiben mit des Inhalts, daß sofort zwei Schergen auf Rottenbuch benötigt würden. –

Zur selben Zeit machten in Murnau die Werber des Generals Franz Mercy von sich reden; sie heuerten Soldaten gegen Frankreich an. Nachgeborene Bauernsöhne, verschuldete Handwerker, Taugenichtse und sonstiges lichtscheues Gesindel fanden sich da ein und wurden unter hochtrabenden Versprechungen in das bayerische Herr aufgenommen.

Als der Rottenbucher Wirt Sebastian Stengl von der Aussage des Hüterbuben gehört hatte, sah er sich bereits in den Händen der Häscher. Er nahm seinen Geldbeutel und schlich hinter den Häusern herum zum Altsee hinein.

„Simon, ich brauch' das beste Roß, das du hast!“

„Wozu brauchst du das beste Roß? Vielleicht weil du bei den Herren Augustinern die Radspeichen angesägt hast?“

„Red' nit so saudumm daher! Ruck das Roß raus!“

„Du kriegst kein Roß von mir, Stengl, und heut schon gar nit!“

Da zog der Wirt ein Stoßmesser heraus und stach den Altsee nieder. Darauf rannte er in den Stall hinaus, musterte kurz die Rösser und nahm sich das beste. Ohne Sattel ritt er davon.

Als um die Mittagszeit der schwerhörige Roßknecht Schorsch seinem blutenden Herrn unter der Haustür begegnete, schickte ihn der sogleich ins Kloster hinüber. Bald war auch der Bruder Infirmarius zur Stelle, mit ihm die Gerichtsherren. Während der Bruder die Fleischwunde an der linken Brustseite behandelte, fragten die Schongauer den Altsee gehörig aus. Am End war ihnen klar: Sie kannten den Schuldigen, aber sie hatten ihn nicht!

In der folgenden Nacht, als der Roßkamm vor rasendem Schmerz nicht schlafen konnte, erhob er sich von seinem Strohsack und huschte hinaus bis vor zum Wirt. Vor dem Fenster der Kammer, darin die Wirtin weinend am Bett ihres Kindes saß, zog er die gespaltene Wurzel aus seiner weiten Hose, schlug Zeichen in die Luft und murmelte eine Verwünschung. Da schrie das Kind kläglich auf – und war von Stund an „erkrümmt“, so daß es fortan auf allen vieren kriechen mußte.

Die Frau hatte aber den davonlaufenden Altsee noch erkannt.

Die Leut in Rottenbuch konnten sich das plötzlich eingetretene Siechtum des Kindes nur daraus erklären, daß die Mutter damals nicht „herfürgesegnet“ worden war. Und jetzt auch noch der Mann weg! Ja, ja, man muß die Brocken nit größer nehmen, als das Maul ist! Und unser Herrgott läßt sich auf die Dauer nit in die Hände scheißen!

Die Wirtin Barbara Stengl wandte sich in ihrer Not an den Propst und berichtete ihm das Geschehen in jener Nacht und was sie gesehen hatte. Herr Piscator, der wußte, wie sehr sie unter der Tyrannei ihres Mannes gelitten, tröstete sie und versprach ihr jegliche Hilfe; ihre Bemerkung, die den Altsee betraf, überging er. Er ließ ihr jetzt seinen Tiroler Wein zukommen, so daß die Bauern wieder in die Wirtschaft gehen konnten, wie sich's in einem anständigen Dorfe gehört.

Und sie kamen wieder, die Bauern von Rottenbuch und sogar einige aus den Stiftsdörfern im Umkreis. Eines Tages erschien auch der Simon mit drei wackeren Gesellen. Sie machten sich in der Gaststube an einem Nebentisch breit und bestellten, was Kuchel und Keller der Wirtin nur hergaben: Wacholderg'selchtes aus dem Tirol und den besten Tropfen aus der Rheinpfalz. Als sie schier unmenschlich gefressen hatten und schon fast übers Maß vollgelaufen waren, fing der eine laut zu erzählen an. Er habe, so brüstete er sich, unter dem Herrn General Mercy an der Schlacht bei Mergentheim teilgenommen, wo die Franzosen mächtig aufs Haupt geschlagen worden seien. Freilich habe es Verluste gegeben auf beiden Seiten. So habe zum Beispiel einer seiner besten Männer, ein Bayer mit dem Namen Stengl aus dem Pfaffenwinkel, knapp neben ihm das Leben ausgehaucht. Gott gnade seiner Seel'!

Als die horchenden Bauern und die Wirtin Barbara diese Mär vernahmen, drangen sie in den Gesellen, wie denn der Stengl noch geheißen und wie er etwa ausgesehen habe. Der konnte sich nun freilich an den Taufnamen jenes Stengl nicht erinnern, gab aber eine genaue Beschreibung seiner Gestalt und erwähnte wie beiläufig, der Stengl müsse einmal ein Abenteuer mit einem geistlichen Herrn und einem Fasanensack gehabt haben; in seinen Träumen habe er nämlich oft davon geredet.

Da war es nun offenbar, daß es sich um den Sebastian handelte und daß er eines heldischen Todes für das Vaterland und den echten christlichen Glauben gestorben war. Die Wirtin vergoß aus ihren grünen Augen alsogleich ein paar schöne Tränen; doch wegen eines plötzlich aufsteigenden Freiheitsgefühls in ihrer Brust versiegten sie bald und machten auf ihren Wangen einem hoffnungsfrohen Glanze Platz.

Es verstrichen etliche Wochen. Die drei Gesellen waren aus Rottenbuch verschwunden, aber der Altsee besuchte die

Wirtin fortan täglich. Anfangs ekelte sie ihn hinaus, weil sie immer noch davon überzeugt war, daß er ihr das Kind verdorben hatte. Bald jedoch ließ sie sich von seinen teilnahmsvollen Fragen und hilfreichen Anerbietungen betören. Und als er ihr gar einen festen Ackergaul kostenlos für die Sommer- und Herbstmonate aufnötigte, war jegliches Eis auf ihrem süchtigen Herzen gebrochen und weggeschmolzen – und der Altsee hielt beglückenden Einzug in ihre Kammer.

Indes, dem Herrn Propst gefiel das nicht, und er beschied die Barbara an einem Sonntag nach der Vesper zu sich. Er machte ihr grobe Vorhaltungen und erinnerte sie jetzt daran, sie selber habe ihm erzählt, daß es der Roßkamm gewesen sei, der in jener Nacht ihr Kind erkrümmt habe. Wie reime sich das mit ihrem jetzigen Lebenswandel zusammen! Die Barbara, die ein ebenso weiches wie lustiges Gemüt besaß, weinte abermals, ging in sich und ließ den Altsee fürder nicht mehr ein. Das war gut so und auch die höchste Zeit, denn man sah ihr bereits deutlich an, wie sehr die nächtlichen Heimsuchungen sie mitgenommen hatten.

Die Entsagung fiel ihr aber bald leichter, weil der Altsee von selber nicht mehr kam. Er war jetzt meist unterwegs im Niederen Bayern und im Innviertel. Bei den zunehmenden Kriegswirren wuchs die Armut des Volkes, und die Bauern bluteten vor lauter Abgaben und Einquartierungen langsam aus. Da gab es kaum mehr ein anständiges Roß zu kaufen, und wenn schon, dann verlangten die Besitzer unerschwingliche Preise, so unerschwinglich, daß kein ländlicher Käufer sie hätte zahlen können. So hörte sich's mit dem Pferdehandel sachte auf, und Simon mußte sich einen neuen Erwerb suchen. Tun, was man kann, nicht was man mag!, sagte er sich, holte die drei Gesellen zusammen, die im Pfaffenwinkel landauf landab ihr Unwesen trieben, und begab sich mit ihnen an die Handelswege, die aus dem Augsburgischen ins Tirol führten. Da war zwar nicht mehr viel los, denn die welschen Kaufleut hatten sich wegen der Unsicherheit andere Wege gesucht.

Aber manchmal kam doch noch einer daher, selbst wenn es nur ein Bettelmönch war, den man erleichtern konnte.

Eines Tages, es war im Herbst des sechsundvierziger Jahres, hatten sie sich in der Schleifmühlenklamm beim unteren Ammergau versteckt. Da quietschte ein schweres Fuhrwerk durch den Hohlweg herauf, das hatte Kiefersfelder Marmor geladen. Der war für die Wetzsteinmühlen bestimmt, in denen schon seit mehr als hundert Jahren von Taglöhnern die besten Wetzsteine fürs ganze Bayernland gespalten und geschliffen wurden.

Wo Marmor hinkommt, von dort wird Geld mitgenommen! So dachten sich jetzt die vier Wegelagerer und warteten. Sie warteten die ganze Nacht. Erst am Morgen machte sich das leere Fuhrwerk auf den Rückweg. Es gelang ihnen mühelos, den Handelsherren von den zwei Knechten zu trennen. Diese trieben ihre schweren Rösser zu größter Eile an und waren nur aufs eigene Leben bedacht. Der Altsee und seine Gesellen aber packten den Mann und nahmen ihm die Geldkatze ab. Wie waren sie aber enttäuscht, als sie darin nur lumpige elf Taler fanden! Sofort teilten sie das Geld auf: Simon erhielt fünf, die anderen je zwei Taler. Danach zogen sie ihr Opfer bis aufs Hemd aus, und die drei Gesellen kleideten sich ein.

Inzwischen hatten aber die zwei entwichenen Fuhrknechte ein paar Schergen von Schongau getroffen. Die eilten spornstreichs in die Schleifmühlenklamm und konnten die drei Burschen dingfest machen; der Altsee entkam ihnen. Sie fanden auch den armen Handelsherrn im Hemd, der die Räuber überführte; sie wurden gehängt.

Die gottsfürchtige Lena

Als man die drei gehängten Wegelagerer der Halsgerichtsordnung gemäß unterm Galgen verbrannt und die Asche in den Lech geworfen hatte, schickte der Landrichter ein Sendschreiben an den Herr Propst von Rottenbuch, worin er um einen Bericht bat, sobald der Pferdehändler Simon Altsee wieder in sein Haus zurückkehren sollte.

Indes, der Gesuchte kehrte nicht zurück. Nicht, daß das verwunderlich gewesen wäre; doch jedermann fragte sich, wohin er jetzt beim hereinbrechenden Winter sich wohl verkriechen und wovon er leben würde. In den Wäldern war keine Bleibe mehr, und an den Pferdehandel war auch nicht mehr zu denken, kannte man doch den alten Roßkamm weitum im Land. Bei der ersten besten Gelegenheit hätten sie ihn gepackt und gleichfalls der Tochter des Seilers vermählt.

Wo war er also?

Ein paar Schergen streiften dort und da die Herbergen ab, in die er regelmäßig eingekehrt war, gaben auch den Mägden zu verstehen, sich seiner besonders und solange anzunehmen, bis man von Schongau da sei. Die Mägde versprachen's mit niedergeschlagenen Augen, die jedoch nicht Scham bekundeten, sondern nur den Gedanken verbargen: Da könnt ihr lange warten, bis daß eine von uns den Simon hinhängt! Sie hätten auch allen Ernstes nichts auszusagen vermocht, denn seit der Hinrichtung seiner Gesellen war's, als hätt ihn der Erdboden verschluckt – „oder die Höll", wie der fromme Herr Pfarrer von Peiting zu seiner Schwester Lena sagte, als beim Essen die Red' auf den Altsee kam.

Die Lena war freilich nicht so gottsfürchtig wie ihr hochwürdiger Herr Bruder, im Gegenteil, sie stand sonntags gern hinter einem Fensterkreuz des Widums und musterte mit begehrenden Augen die Mannsbilder, wenn sie zur Kirche schritten. Oft hatte sie sich auch schon mit dem einen oder anderen anzubinden versucht, doch bei der „Pfarrkocherin" wollte keiner anbeißen. Bei so einer „Halbg'weichten" weiß einer nit, wie's 'nausgeht, und außerdem hat die Lena ein Mundwerk wie ein Sägegatter; bei der hat sich der Ganzg'schwind leicht die Hand verbrannt – und was anderes auch noch!

Simon Altsee war übers Ettaler Mandl schleunigst ins Eschenloher Moos entwichen und trieb sich eine Zeitlang bei Ohlstadt herum. Als es jedoch kalt wurde und der erste Schnee fiel, schlich er am Staffelsee vorbei gen Huglfing und dann über Peißenberg nach Peiting. Daß es ihn ausgerechnet hierher verschlagen hatte, verdankte er dem rotbärtigen Scheitan, der ihn eines Abends in den Hühnerstall des Widums führte, wo die Lena eben dabei war, die Hennen zu begreifen. Er nahm ihr sofort das Geschäft des Begreifens ab, nur begriff er nicht die Hühner. Darauf ließ sie ihn in ihre Kammer ein.

Während der Nacht kam es zwischen ihnen zu einem offenen Gespräch. Simon erklärte ihr, daß ihm gar keine andere Wahl bliebe, als bei ihr um Herberge zu bitten; denn man würde ihn überall suchen und schließlich auch finden – nur in einem Widum nicht, noch dazu in der Nähe des Schongauer Gerichts.

Die Lena sah das natürlich ein, zumal eine alternde Geiß auch noch gerne Salz leckt, und fühlte sich durch das Gebot der Nächstenliebe verpflichtet, dem Manne zu helfen. Nur verlangte sie von ihm, mit ihr behutsamer umzugehen, als etwa mit jener Margaretha Binderin, von deren kläglichem Ende sie vernommen. Simon Altsee versprach, sich ganz nach ihren Wünschen zu richten, und verbrachte den ganzen Winter in schöner Eintracht mit ihr unter dem frommen Dach. Und

Hexe auf „Ausfahrt"

nicht nur das; er wies sie sogar einmal in die geheimen Künste des Ausfahrens am Sabbat und der Buhlschaft mit dem Rotbärtigen und anderen Scheitanen ein. Gemeinsam bereiteten sie auch jene grüne Salbe, in deren Kraft sie so viel Unheimliches vermochten.

Über diese Zubereitung hat Jahre später die Lena in Mühldorf bei dem Herrn Inquisitionsrichter eine genaue Erklärung abgegeben, die von den Gerichtsschreibern ebenso genau aufgezeichnet wurde. Daraus ist folgender Sachverhalt zu entnehmen: Als an einem jener Frühjahrsabende der Herr Pfarrer zu Bett gegangen war, schlichen sie in den warmen Hühnerstall, zündeten eine Talgfunzel an und riefen den Junker, während der Altsee die gespaltene Wurzel, die er auch „Solanum" nannte, mit den Fingern walkte. Nachdem darauf der Junker seine Anwesenheit durch Aufstampfen mit den Bocksfüßen zu erkennen gegeben hatte, schöpften sie das Fett eines Knaben (woher sie es hatten, ist nicht erwiesen), das in einem Erztiegel gekocht worden war, vom Wasser ab. Dann nahm die Lena einen Mörser und zermalmte darin dürre Pappelblätter, Eisenhut und Ruß, mischte Sium, Acorum, Pentaphyllon, Schirling, Nachtschatten, Mandragore und Bilsen darein und tat das alles mit dem Knabenfett und dem Blut von ein paar Fledermäusen zusammen. Darauf begaben sie sich gemeinsam in die Waschkuchel und verkochten das Ganze zu einem dicken Brei. Dabei träufelte der Altsee unter beschwörenden Worten immer wieder ein paar Opiumtropfen in das Gemisch, das einen ätzenden Duft verströmte.

Die grünglänzende Salbe ward in einen Henkeltopf geschüttet und zum Auskühlen vor die Tür in den frischen Nachtwind gestellt. Dann hieß Simon die Lena sich ausziehen und ihren Körper mit einem Schwamm im heißen Wasser abreiben. Danach warf sie sich die Kleider über und eilte in die Kammer, der Altsee mit dem Salbentopf hinterdrein. Hier schmierte er sie nun, vor allem ihre leicht erregbaren Teile, bis zur Röte ein und gewahrte bald, daß sie zu schwanken begann, das

Bewußtsein verlor und schließlich glatt auf den Strohsack fiel. Als sie nach drei Stunden trotz seines wiederholten Fragens nicht erwachen wollte, zwickte er sie unbarmherzig an den empfindlichsten Stellen. Da schlug sie die Augen auf und schimpfte, weil er sie mit Gewalt aus den Armen eines jungen liebenswürdigen Mannes gerissen hätte. Dann kehrte ihr der klare Verstand sachte wieder zurück, und sie erzählte in der schamlosesten Weise von ihrer Buhlschaft mit gesichtslosen Junkern im freien Felde, von vornehmen Häusern und Palästen, die sie dann mit ihnen besucht und darin gar köstliche Weine getrunken hätte.

Simon Altsee erkannte, daß er sich ihrer nun ganz bemächtigt hatte und daß sie ihm dienstbar sein würde bis zur Preisgabe ihrer selbst. Damit war ihm das Wohnrecht bei ihr sicher bis zu dem Tage, an dem die in Schongau auf ihn würden vergessen haben. Jetzt konnte er getrost ins Land hinausschweifen und fernab vom Pfaffenwinkel wieder seine Geschäfte betreiben, denn der Krieg, der dreißig Jahre gedauert hatte, war aus. Vorüber war die Not der Bauern und ihre Angst vor Schwedentrunk und rotem Hahn.

Er verließ also in einer milden Mainacht die wackere Lena, empfahl ihr auch, den Salbentopf zu hüten und auszuharren, bis er nach etlichen Wochen wiederkäme. Es steckte ihr das Weinen in der Kehle, denn sie kam sich jetzt so leer vor, so ganz wie die Tulpen in ihrem Blumengarten, die hochaufgeschossen waren und plötzlich nicht mehr allein stehen konnten; sie mußte sie stützen und anbinden. Wer würde jetzt ihre Stütze sein?

Zwei Jahrzehnte lang hatte sie ihrem hochwürdigen Bruder gedient, hatte ihn meistens auch beherrscht; sie war geachtet in der ganzen Gemeinde, respektiert von allen Mannsbildern, denn die sagten sich mit Recht: Wo die Weiber Herr sind, geht sogar der Herrgott lieber hinterm Haus vorbei. Mit den Peitinger Frauen vertrug sie sich nicht, weshalb ihr der Bruder einmal einen Zettel an die Kammertür geklebt hatte mit der

Aufschrift: „Je kleiner das Dorf, desto bissiger die Hund'!" Und sie war, weiß Gott, unter diesen Hunden die große Dogge!

Jetzt kam sie sich hilflos vor, ausgemergelt, ohne Salz und Schmalz. Der Gewissenswurm nagte auch, aber sie ließ ihn nagen. So schmerzvoll konnte der gar nicht nagen, als ihr die Gemeinschaft mit dem Simon lustvoll gewesen war! Freilich sah sie ein, daß dieses sündige Beisammensein, dieser wilde Beischlaf, nicht dauern konnte; woher sollte sie jedoch den Mut zum Aufhören nehmen? und wann aufhören? Fast vierzig Jahre zählte sie jetzt, und er war der erste Mann, dem sie sich geöffnet hatte. Und wie wahr doch die Mägde flüsterten, wenn sie in Ställen, Scheunen und Stadln oder beim Mistbreiten seine Kraft priesen! Wie sollte da sie, armselige, unerfahrene Pfarrerskocherin, den Heroismus der Heiligen aufbringen, wo sie doch ganz eingehüllt war von der Verderbtheit dieses Mannes, gesalbt von ihm mit Sünde, Sumpf und Satan?

Indes, wozu diese seelische Selbstzerfleischung! Jetzt ist er fort, und nach ein paar Wochen kehrt er zurück! Man darf nicht ständig trinken wollen, sondern muß auch dürsten können; nachher schmeckt's um so besser!

Simon Altsee schlug sich in den Peitinger Wald und kam nach Böbing, das erst in den letzten Kriegsjahren zum Dorf geworden war. Da hatten sich neue Leut angesiedelt, da kannte ihn niemand. Kaum hatte er jedoch die ersten Hütten erreicht, sprang einer, ein Jungbauer aus Rottenbuch, der hierher geheiratet hatte, hinter einer Miststatt hervor und schrie: „Der Altsee! Packt ihn! Den suchen die Schongauer!" Die Nachbarn hörten das, ergriffen Gabeln, Drischel und Stangen und rannten dem Davoneilenden nach. Nun zählte der Roßkamm zwar schon mehr als die Sechzig, doch gelang es ihm mühelos, das kleine Böbinger Niederwäldchen zu erreichen.

Da umstellten sie ihn von allen Seiten, und einer rief: „Wartet, ich hol unsern Hund!"

Dem Altsee wurde zweierlei, als er das vom Hund vernahm. Flugs griff er nach seiner Wurzel und tat wie immer. Und noch ehe der andere mit dem Hunde gekommen war, ging über Böbing ein ebenso fürchterliches wie zerstörerisches Gewitter nieder. Der Wolkenbruch war so stark, daß innerhalb weniger Minuten Scheunendächer durchbrachen und das Vieh dort und da bis an die Bäuche unter Wasser stand.

Keiner kümmerte sich mehr um den Altsee; alle rannten heim, um das ihrige zu retten. Er aber verließ über die Auerhöfe eilends den Pfaffenwinkel, erreichte am übernächsten Tage Penzberg und schlug sich bis Dietramszell durch, wo ihn noch kaum jemand gesehen hatte, ausgenommen die Herbergsmägde, und das war auch schon viele Jahre her.

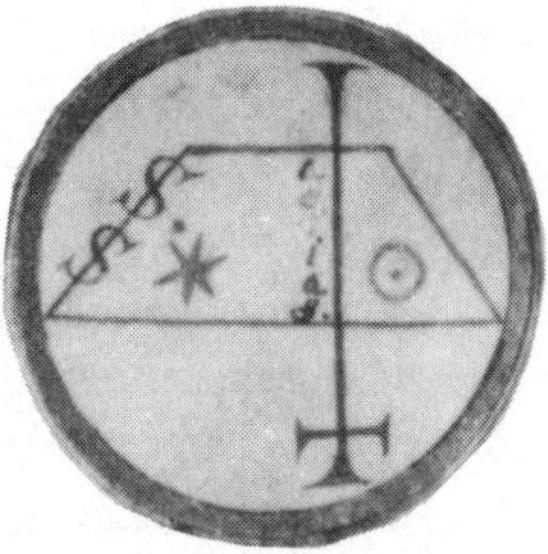

Das grasgrüne Alräunchen

Im Kloster Dietramszell saßen – wie in Rottenbuch – die Herren Augustiner und nagten am Hungertuch. Ein verheerender Brand hatte ihnen Kirche und Ordenshaus eingeäschert, und die Schuldenlast drohte sie zu erdrücken. Schon seit zwei Jahrzehnten besaßen sie kein Roß mehr im Stall. Da gab's für den Altsee nichts zu handeln. Er ging also wieder. In der Waldkapelle Maria Elend verbrachte er die Nacht. Die schmerzhafte Muttergottes und der gegeißelte Heiland am Altar störten ihn nicht.

Am nächsten Vormittag erreichte er das Kloster der Nonnen am Reutberg und wurde Zeuge, wie gerade sechs Schwestern paarweise zum Betteln ins Land ausgeschickt wurden, je eine alte und eine junge. Er beobachtete sie genau und bedauerte, daß die jungen nicht allein auszogen; er hätte sie sonst eine Wegstrecke weit begleitet. Aber die alten Damen verströmten so viel Frömmigkeit und Gottesfurcht, daß die jungen nicht einmal aufzuschauen, geschweige denn nach ihm herüberzuschielen gewagt hätten. Was konnt' er da schon gewinnen!

Er begab sich nach Tölz. Aber auch die Tölzer hatten es nicht mit den Rössern, sondern vorab mit dem Holz. Simon überlegte und entschloß sich schließlich, mit einem Ordinari-Floß nach Niederbayern zu fahren. Das war nicht zu teuer und schonte die Kräfte, von denen er in den verwichenen Monaten mit der Lena doch einiges eingebüßt hatte. Außerdem war man am Wasser sicherer. Als Reiter wäre er gewiß den jetzt nach dem Krieg häufig auftretenden Marodebrüdern begegnet, und die kannten keinen Pardon.

Tage später schwamm er auf der Isar dahin.

In München stieg er ab. Er wollte die Töchter aufsuchen, die er seit ihrer Verheiratung nicht mehr gesehen hatte. Doch nur die jüngste, Salome, die dem Freiherrn von Sommerfeld angetraut war, nahm ihn kurz auf. Die beiden anderen, fette Händlersfrauen, schämten sich seiner und ließen ihn gar nicht vor. Das tat ihm sehr weh, denn um der Kinder willen hatte er einst viele Strapazen auf sich genommen.

Als er Mitte Juni wieder an die Münchner Floßlände kam, sah er, daß da eine lustige Gesellschaft auch mitfahren wollte. Es waren die „Weber", Schauspieler vom Theater beim Faber-Bräu in der Sendlingergasse. Die Bürger von Dingolfing hatten sie für volle vier Wochen gedungen, damit sie ihnen ihre deftigen „Weberspiele" vorführten. Weil unter ihnen sich ein paar derbe, aufreizende Aktricen befanden, bandelte Simon Altsee sofort mit ihnen an und wurde – weil er das Geld im Beutel klimpern ließ – alsogleich in ihren Kreis aufgenommen. Da wollte er sich nicht lumpen lassen und zahlte für die ganze Gesellschaft die Fahrtkosten, die von den Tölzer Floßmeistern genau festgelegt waren: Achtzig Kreuzer pro Person, wenn sie nächtens auf dem Floß bleibe; ginge sie aber zum Schlafen an Land, dann neunzig. Natürlich wollten alle in der Flößerhütte bleiben, weil so eine Nacht auf dem Wasser ein besonders lockeres Vergnügen versprach.

Es war eine schöne Fahrt durch die Isarauen.

Nachdem das Ordinari in Moosburg angeländet hatte, beschloß der Nauförg wegen des niederen Wasserstandes erst am anderen Morgen weiterzufahren. Er und die beiden anderen Förgen machten sich's also im Windschatten der Hütte auf Säcken und Decken bequem. Dabei vernahmen sie die niederträchtigen Reden des Roßkamms und der Komödianten, woraus sie schließen konnten, was sich unter ihnen tat. Dieses Treiben wurde im Laufe der Nacht so schlimm, daß sie gezwungen waren, ihren Lagerplatz weiter hinten bei den Holzkohlesäcken aufzuschlagen.

„Was ist das doch für ein geiler Bock, der Alte!" sagte der Nauförg. „Man müßt' ihn packen und zünftig tauchen, daß er abkühlt!"

„Was willst!" entgegnete der Drittförg. „Schuld sind die Huren von derer Komödi! Die machen doch alles mit, weil er gut zahlt!"

„Seid's leicht neidisch?" meinte der Steuerer.

„Du Rindvieh, was heißt neidisch!" brauste der Drittförg auf. „Denkst, mir grauset vor gar nix?"

Beschwichtigend lenkte der Nauförg ein: „Ihr versteht das nit, Manner! Komödianten waren schon allweil ein lockeres Völkchen. Das liegt denen so im Blut. Und sie müssen ja auch so sein, wenn sie heut einen Lumpenhund, morgen einen Heiligen, heut eine Königin, morgen eine Räubersbraut spielen sollen. Das darf man ihnen nit verargen, das g'hört zu ihrem Metier. Nur der Alte! Den müßt' man kastrieren! Und ich weiß nit, ob ich mir den nit noch ausborg'!"

Beim aufgrauenden Morgen ländeten sie ab. In der Hütte war's mäuschenstill; die Leut erholten sich von den Ausschweifungen der Nacht. Als das Floß hinter Landshut schwamm, standen die Komödianten auf und kochten sich am offenen Feuer eine dicke Brotsuppe. Simon Altsee scharwenzelte fortwährend um die leichtbekleideten Weiber herum und betastete sie. Sie quiekten immer wieder und schlugen ihn geziert auf die Hände. Das war widerlich anzusehen.

Als sie unter vielem Gerede gegessen hatten, zogen sie sehr auffällige Kostüme an und bargen ihre wenigen Habseligkeiten in zwei Kommoden, die allrings zerschunden und zerkratzt waren. In Dingolfing, so sagten sie, erwarte sie der Schwammerling-Wirt. Bei ihm wollten sie Herberge nehmen und in seinem Sallettl ihre Kunst zeigen.

Und so war es: In Dingolfing gingen sie an Land. Als das Floß gleich wieder abländete, stellte sich der Altsee ganz hinten hin, zog sich die Hose aus und zeigte den am Ufer kreischenden Aktricen sein Gemächte.

Gleich, als hätten sie sich verabredet, stürzten da mit einem Male der Nauförg und der Drittförg auf den Mann zu. Während der eine ihm einen Hieb ins Genick gab, ergriff der andere die Hose und warf sie in flachem Bogen hinüber ins Ufergebüsch. Kaum war sie dort aufgefallen, gab es einen fürchterlichen Knall, und ein Lichtschein flammte auf, als hätte der Blitz eingeschlagen. Die anderen Gäste auf dem Ordinari – es waren ihrer nicht viele – erschraken und bekreuzigten sich. Der Alte aber stöhnte und spuckte unverständliche Wörter aus.

Nachdem sich der Nauförg über den Blitzschlag wieder erfangen hatte, nahm er ein Seil, schlang es um Simons Hüften und warf ihn in den Fluß. Er ließ ihn eine Zeitlang untergehen, zog ihn aber dann ans Floß heran, so daß sich seine Finger krampfhaft festkrallen konnten. Da kam der Drittförg und schlug mit seinem Ruder darauf. Der Altsee mußte loslassen und verschwand abermals im Wellengekräusel. Dieses grausame Tauchen, das damals bei den Flößern Brauch war, wiederholten sie etlichemale, bis der Getauchte keine Kraft zum Festhalten mehr aufbrachte. Dann zogen sie ihn heraus und sperrten ihn in die Hütte.

Er rührte sich nicht bis zum Abend, wo sie ihm einen Krug Bier hineinschoben. Das trank er. Auch während der Nacht, da sie vor Landau an der Lände lagen, hörte man nichts von ihm. Erst anderen Tags in der Vormittagsstunde klopfte er an die Hüttentür. Sie ließen ihn heraus und gaben ihm eine abgeschabte Hose, denn in Vilshofen wollte er das Floß verlassen. Er sah in dem feuchten Gewand sehr heruntergekommen aus, sagte aber kein Wort, schaute auch niemanden an. Erst als sie an die Heftstecken getrieben hatten und der Ländhüter den Laufsteg aufs Floß schob, drehte er sich um und raunte dem Nauförgen zu: „Wir sehen uns wieder!“ Dabei funkelten seine Augen wild unter den buschigen Brauen.

Beim Juden Schimmelpfeng kaufte er sich ein Gewand, beim Brückenwirt erstand er ein Reitpferd, beides um einen sündteueren Preis. Dann ritt er über den Gäuboden ins Rottal hinab. Wahrhaftig, die Pferdezucht gedieh schon wieder! Er hatte seine helle Freude daran, wurde auch mit einigen Bauern handelseins, denn er kannte sie schon von früher her.

In die Stadt Mühldorf begab er sich nicht, weil da die Herren Inquisitoren des Salzburger Fürstbischofs saßen. Er pflockte sein Roß hinter der St. Michaelskapelle an und wartete den Abend ab. Beim aufgehenden Vollmond schlich er dann hinter den Gerstenfeldern aufs Hochgericht hinauf. Da baumelten drei Gesellen im leichten Nachtwind hin und her und bleckten die Zähne. Es waren herumstreunende Soldaten gewesen, die man draußen im Hart, auf Kraiburg zu, beim Räubern ergriffen hatte. Der Vogt kannte kein Erbarmen.

Simon Altsee scherte sich nicht um die Gehängten, sondern nahm sein Gurtmesser und begann unterm Galgen zu graben. Es währte nicht lange, da hielt er ein gegabeltes Alräunchen in der Hand. Sieghaft hob er es in den Mondenschein; da war's, als leuchtete es grasgrün. Er lachte ein paarmal sein bellendes Lachen und schob die Wurzel tief in die Hose hinab.

Das Stift Gars am Inn, wo er vordem oft gute Geschäfte gemacht hatte, war von den Schweden verbrannt worden und lag noch ganz darnieder; ebenso war's bei den Herren Benediktinern in Rott und ebenso bei den Herren Augustinern in Beyharting. Überall Brand und Verwüstung.

Da bin ich noch zu früh dran!, sagte er sich. Denn eh die ihren Laden wieder aufgebaut haben, vergehen noch gute zehn Jahr'! Muß mich also um eine andere Kundschaft umsehen!

Um Aibling schlug der Altsee einen großen Bogen und kam nach Tölz. Gern wäre er zum Herrn Rentmeister aufs Schloß gegangen, doch fürchtete er, den Flößern, die ihm so übel mitgespielt hatten, vorzeitig zu begegnen. Begegnen wollte er ihnen schon, doch erst, wenn's ihm selber beliebte, – und sehr bald würde es ihm belieben! Er verzog sich also in ein Waldstück am hinteren Kalvarienberg und kaufte im nahegelegenen Gehöft für sein Reittier eine Metze Hafer. Dabei sah er eine Magd am Holzplatz hantieren. Er sprach sie an und fragte, ob er sie zur Nacht besuchen dürfe. Doch sie warf ihm, ohne ein Wort zu sagen, ein Holzscheitel ans Hirn und drohte ihm mit der Axt. Die spinnt oder sie war erst beim Beichten! dachte er und wandte sich seinem Wäldchen zu.

Am anderen Morgen schlich er durchs Gehölz wie ein Fuchs, hinab an die Isar. Bei einer Brücke versteckte er sich im Gebüsch, so daß er die Floßlände einsehen konnte. Dort waren sie am Werkeln, die drei, die er suchte. Sie richteten das nächste Ordinari nach Wien; denn so war es bei den Flößern der Brauch: die Isar und Donau entlang nahmen sie Fahrgäste mit, und in der Kaiserstadt verkauften sie das gesamte Floß als Bauholz für die Festungsanlagen, die man dort gegen die Türken baute.

Der Altsee fand die Lände nicht günstig für sein Vorhaben und kehrte zu seinem Roß zurück. Er ritt querfeldein über den Weiler Hechenberg nach Bairawies, legte sich hier abermals ans Ufer und wartete.

Gegen Mittag kam dann das mächtige Ordinari dahergeschwommen. „Jetzt, ihr Scheitane, jetzt laßt sie bersten!" schnaufte er und schwenkte das Alräunchen. Und siehe da! Der Steuerer hatte den reißenden Fluß ein Weilchen außer acht gelassen – da wurde das Floß auf eine „Kugel", einen rollenden Stein, getrieben. Es bäumte sich kurz auf, riß auseinander, und ein Teil der langen Hölzer fiel klatschend über die drei Männer, die in die Isar gestürzt waren; der andere Teil mit der Hütte und etlichen Salzhändlern verspreizte sich und blieb am Gestade hängen.

In den Abendstunden zogen die Klosterfischer von Schäftlarn die drei zerschundenen toten Flößer beim Holzrechen an Land. Zwei Tage darauf wurden sie in Gegenwart des Tölzer Flößermeisters feierlich begraben. Seil und Axt lagen auf ihren Sargkisten.

Simon Altsee aber ritt auf Peiting zu; er bedurfte jetzt der Ruhe und der stillen Pflege.

Der Roßkamm

Im Mai hatte er die Lena verlassen, hatte ihr versprochen, nach ein paar Wochen wiederzukommen, und jetzt ging's in den Oktober hinein. Manchmal, wenn ihr vor Sehnsucht das Herz schier zerspringen wollte, stieg sie den steilen Berg hinan und schaute von den Trümmern der alten Welfenburg ins weite Land hinaus, ob sie ihn nicht kommen sähe. Dann aber schalt sie sich selbst und bedachte, daß er so frei und offen gar nicht kommen konnte. Denn wenn ihn auch die Schongauer Schergen nicht mehr suchten, so mußte er doch vorsichtig sein. Die Erinnerung an ihn schlummerte immer noch da und dort im Gedächtnis der Leute. Und ging auf den einzelnen Höfen die Rede über Roß und Wagen, dann fiel wohl auch ein bedauerndes Wort über den Roßkamm Simon Altsee. War es denn so schlecht mit ihm bestellt gewesen, daß er hatte wegelagern und räubern müssen? Wahrscheinlich hatten ihn bloß die drei Gesellen verführt. Aber die waren ja gehängt worden! Jetzt könnt' er sich eigentlich wieder zeigen – mit ein paar sauberen Rössern!

Auch die Lena hauchte bange Stoßseufzer in die Stille ihrer Kammer; doch er wollte und wollte nicht kommen! Eines diesigen Abends aber stand er hinter ihr im Hühnerstall, genau wie damals vor einem Jahr. „So lang'!" sagte sie. „Simon, so lang!" Dann nistete er sich wieder in ihre Kammer ein und blieb bis zum Frühjahr.

Da hieß es, daß in diesem Jahre 1652 zu München die große Hochzeit gefeiert werde zwischen dem sechzehnjährigen Herrn Kurprinzen Ferdinand Maria und der sechzehnjährigen Prinzessin Henriette Adelaide aus dem Hause Savoyen.

Abermals sagte der Altsee seiner Lena Lebwohl und reiste in die Hauptstadt. Denn bei Fürstenhochzeiten gibt's Pferde; und wo Pferde sind, da kann das eine oder andere krank werden und zumindest so lange krank sein, bis er es gekauft hat. Nachher macht er's wieder gesund – darauf versteht er sich! – und verkauft es mit Gewinn. Die Rösser, die bei Fürstenhochzeiten krank werden, das sind ja keine Ackergäule, sondern Paradepferde! Die sind ihr Geld wert, selbst wenn sie zufällig einmal etwas Unrechtes gefressen und eine kleine Konvulsion gekriegt haben! Bei uns Menschen ist's doch genau so! Da wird gefressen und gesoffen, was nur hinuntergeht, und dann gibt's die Konvulsionen. Was macht man? Man nimmt eine herzhafte Purganz – und alles ist vorbei. Man soll zwar die Leut unds Vieh nicht miteinander vergleichen; aber das ist sicher: vergleicht man sie dennoch, so steigt der Viehpreis!

Zwei Monate hielt sich der Altsee in München auf und trieb sich in den fürstlichen Stallungen und den herrschaftlichen Gestüten herum. Mit den Roßknechten und Stallmeistern verstand er sich gut und lud sie nicht selten zum Hammerthaler ins Weinhaus ein, wo er ihnen gehörig aufwarten ließ. Und sie mochten ihn.

Er gewann viel Geld und hätte gern seinen Töchtern etwas geschenkt, aber sie wollten ihn in seinen weiten Pluderhosen und mit seinem speckigen Schlapphut nicht sehen. So ließ er sie in Ruhe und kehrte, als es zu herbsten begann, ins Widum nach Peiting zurück. Und abermals verbrachte er einen Winter bei der Lena.

Im Frühjahr dreiundfünfzig begab er sich abermals nach München und erfuhr, daß die alte und die junge Frau Kurfürstin dem Kloster Rottenbuch die Ehre erweisen und an Mariä Geburt, dem Patroziniumsfeste, einen großen Besuch machen wollten. In der Residenz an der Isar wie im Konvent über dem Ammertal begann man sich vorzubereiten.

Der Altsee ließ sich vom Obriststallmeister, dem Grafen Maxlrain, „patentes litteras“ an den Propst Piscator geben; das war ein Schreiben, darin der geistliche Herr sanft aufgefordert wurde, dem Überbringer bei der Herrichtung seiner Ställe am Platz zu Rottenbuch behilflich zu sein, dieweil man dort während der hohen Visite verschiedene Rösser und Wagen aus dem kurfürstlichen Marstall unterbringen müsse.

Wie ein halbwüchsiger Feldhauptmann ritt der Roßkamm in den Klosterhof ein und wie ein lorbeergekrönter Sieger überreichte er dem Propst seine „patentes litteras“. Der würdige Herr war nicht wenig erstaunt, den üblen Gesellen nach so vielen Jahren wiederzusehen. Er dachte aber nicht mehr daran, daß er dessen Erscheinen hätte nach Schongau melden sollen. Die Zeit verwischt. Eine Meldung wäre auch sinnlos gewesen, denn der Altsee kam in hohem Auftrag; da hätte das Pfleggericht verstummen müssen.

So wurde denn das abermals hart mitgenommene Haus des Roßkamm von den Maurern und Zimmerern des Klosters gründlich überholt, die Ställe wurden säuberlich geweißelt, neue Bohlen verlegt und Heu und Hafer aus den Konventsscheunen angeliefert. Der Bruder Ökonom, der das alles zu verwalten hatte, sagte eines Abends entrüstet zu seinem Oberen: „Der Falott, glaub ich, kann die Nussen sogar mit dem Arsch aufbeißen!“ Da zuckte der Herr Piscator mit den Achseln und meinte: „Bruder, wir müssen ihn als eine uns auferlegte Prüfung ertragen, denn auch sein letztes Gewand hat keine Taschen!“ –

Zwei Tage vor dem hohen Frauenfeste trafen in Rottenbuch fünfzig Mann Kosaken zu Pferd ein. Sie hatten das Kloster von allen Seiten abzusichern und nachts den äußeren Wachtdienst zu übernehmen. Tags darauf ritten vierzig Trabanten von der Leibgarde in den Hof, geführt von ihrem Capitaine, dem Chevalier Louis de la Perouse, einem Franzosen. Die versahen die Wache im Inneren, im Klosterhof und in den Gängen des von den beiden Fürstinnen bewohnten Traktes. Und am

Festtag selbst fuhr Henriette Adelaide mit ihrer ungeliebten Schwiegermutter Maria Anna im schweren Reisewagen durchs Prunktor ein.

Ihr Obristhofmeister Graf Max Portia, der Obristkämmerer Graf Ferdinand Törring-Seefeld, der erste Gardehauptmann Graf Franz Fugger, die Grafen Max Kurtz und Prosper von Arco, sowie zwei Kammerfrauen begleiteten sie in fünf anderen Wagen. Nicht zu vergessen ist der Baron Simeoni, der Leibarzt der jungen Fürstin, der mit in ihrem Wagen fuhr, was die alte Dame grimmig ärgerte. Die vierzig Mann der Musikkapelle mit den welschen Sängerknaben waren eine Stunde vorher eingetroffen und hatten sich sofort aufs Chor begeben, um mit ihren herrlichen Motetten den Festgottesdienst zu verschönen.

Alles Volk von Rottenbuch und viele Leut aus der Umgegend waren herbeigeströmt, um den großen Tag mitzuerleben. Die Kirche schien aus allen Nähten zu platzen, und mancher, der zu säumig gekommen war, mußte vor der offenen Türe stehenbleiben.

Simon Altsee lehnte an seinem Türstock und betrachtete den Altweibersommer, der als glitzernde Wolke sanft über den Platz schwebte. Von ferne hörte er die jubelnden Knaben. Da kam der Baron Simeoni dahergeschlendert; ihm waren die Luft in der Kirche zu stickig und das Gedränge zu beklemmend gewesen.

„Bon giorno, dottore!" redete ihn der Altsee an.

„Mit mir kannst du deutsch reden; ich stamme aus dem Friaul." Der Arzt sprach's und blieb stehen.

„Ihr habt eine verantwortungsvolle Aufgabe, Baron, um die Euch niemand beneiden wird. Denn gesetzt den Fall, die junge Frau Kurfürstin brächte kein Kind zu Welt, – was dann?"

Simeoni schaute jäh und wie erschrocken auf: „Mann, wie kommst du dazu, meine Gedanken zu denken?"

Lächelnd entgegnete der andere: „Baron, es waren meine eigenen Gedanken. Man sinnt eben so still vor sich hin, wenn man allein ist. Da frage ich mich halt manchmal auch, warum sich bei der nichts rührt. Und mit mir fragt sich der Münchner Hof und das ganze Bayernland. Der Leibarzt sollte darauf eine Antwort wissen!"

Überlegen antwortete Simeoni: „Er weiß schon eine!"

Doch der Altsee griff zu: „Mir scheint, er weiß keine! Drum geb' ich ihm einen Rat!"

Der Leibarzt wandte sich zum Gehen und sprach entrüstet: „Brauch deinen Rat nicht!"

„Schade!" murmelte der Altsee in seinen Bart und ging ins Haus zurück. „Es wird auch nicht eher Tag, wenn man's Licht zum Fenster hinaushält. Abwarten!"

Nach dem Gottesdienst begab man sich ins Refektorium zu Tisch. Die köstlichsten Fische aus der Ammer und den konventseigenen Weihern trug man auf. Sie waren nach dem Geschmack der jungen hohen Frau zubereitet, hatte sie doch ihren Leibkoch, einen echten Savoyarden, schon Tage zuvor ins Kloster geschickt. Die Kurfürstinmutter dagegen, eine Wienerin, lehnte den „welschen Fraß" ab und verspeiste genüßlich eine geräucherte Renke vom Ammersee, wie man sie in den Fischerhütten am Herrschinger Ufer für fünfzehn Kreuzer kaufen konnte. „Wär'n wir net so sparsam g'wesen, ich und mein Herr Max", pflegte sie zu sagen, „dann möcht' euch die Schlemmerei schon vergehn!"

Als das Essen beendet war, wurden die Nobeldamen und die höfischen Herren in den sonnigen Nachmittag entlassen. Die beiden Fürstinnen aber überreichten dem Herrn Propst Michael Piscator ihre beachtlichen Mitbringsel: Maria Anna schenkte einen wertvollen Speisekelch und tausend Reichstaler; Henriette Adelaide stiftete eine neue Orgel.

Die Damen und Herren ergingen sich im Klostergarten. Die lauschigen Spaliere und die stillen Glorietten, die bisher nur das schlichte Schwarz-weiß der Chorherren geschaut hatten, wurden jetzt verschämt inne, daß das Menschsein noch eine andere Seite, eine Variante, barg. Und mancher Junker erkannte hinter einer verstohlenen Hecke, daß ein angebranntes Scheitl besser brennt als ein grünes; denn die Hofdamen waren allesamt angebrannt.

Beim Altsee hatten sie fünfundzwanzig Rösser der Trabanten eingestellt, die ein angehender Stallmeister betreute. Dieser junge Mann war froh, daß sich der Roßkamm der Tiere mit viel Liebe und Geschick annahm. Er putzte sie, schnitt ihnen die Hufe aus, vertilgte die Läuse an ihren Fesseln und besorgte das beste Futter. Gleichwohl konnte er nicht verhindern, daß bereits am ersten Abend vier Rösser heftig erkrankten. Sie mußten durch andere, die man im freien Geleit von München mitgenommen hatte, ausgetauscht werden. Die kranken – so verfügte der Obriststallmeister – solle man an einen Roßmetzger abgeben. Simon Altsee erbot sich sofort, diese Übergabe durchzuführen. Er nahm die Tiere, um sie behutsam nach Baiersoyen zum dortigen Metzger zu treiben, trieb sie jedoch bloß bis Schönberg. Hier stellte er sie bei einem bekannten Bauern ein und rührte ihnen gleich einen Trank zusammen. Den gab er ihnen ein. Alsbald wurden die Rösser von heftigem Schüttelfrost ergriffen, legten sich nieder und entleerten sich unter krampfhaften Zuckungen. Danach aber standen sie beschwingt auf und fraßen wie eh und je. Der Altsee bat den Bauern, sie noch etliche Tage zu behalten und zu pflegen, zahlte auch sofort reichlich im voraus.

Heimgekehrt erklärte er dem jungen Manne, er habe die Rösser nur mit Mühe angebracht und zur Not je drei Gulden erstanden. Im Pfaffenwinkel werde nämlich wenig Roßfleisch gegessen, so daß sich der Metzger hart tun werde, eine solche Menge unter die Leut zu bringen. Der andere war's zufrieden, steckte die zwölf Gulden ein und zwinkerte mit einem Auge.

Überlang reiste die hohe Gesellschaft wieder ab. Die junge Fürstin bat den Propst beim Scheiden, er möge im Kloster für sie und die glückliche Forterhaltung des Hauses Bayern beten lassen. Sie versprach auch noch die Stiftung eines Altars, falls das Gebet gnädige Erhörung fände.

„Mein brodelndes Blut . . .“

Dann brach der Winter herein wie jedes Jahr. Und wie in jedem der letzten Jahre hoffte die Lena wieder auf Altsees Rückkehr nach Peiting. Doch er kam nicht.

Warum nicht?

Nach der Abreise der Münchner Hofleut, als es wieder still geworden war in Rottenbuch, hatte er sich zu einer Maß Bier in die Wirtschaft der Barbara Stenglin begeben. Sie war sehr, doch nicht unangenehm überrascht, ihn wiederzusehen. Mit erleichtertem Herzen erzählte sie ihm, daß ihr erkrümmtes Kind – gottlob! – gestorben war. Daß er es ihr damals erkrümmt hatte, überging sie. Daraus aber erkannte der Altsee sogleich, wie viel ihr an seiner Gesellschaft gelegen sein mochte, und fragte geradeheraus, ob er die Kammer mit ihr teilen dürfe. Sie lächelte ein bißchen verschämt, doch mit einem stechenden Glanz in den Augen.

Kein Wunder, daß die Pfarrer-Lena in Peiting umsonst wartete. Die hatte sich aber an Herz und Leib schon so sehr an den Roßkamm gewöhnt, daß bei dem Gedanken, er könnte sich einer anderen zugewandt haben, ihr Gemüt sich zu verkrampfen begann. Saß sie mit ihrem hochwürdigen Bruder beim Mahl, so blieb ihr schier jeder Bissen im Halse stecken, nicht zu reden von der Unlust, mit der sie das Essen überhaupt auf den Tisch brachte. Herr Benedikt merkte das natürlich und versuchte, sie zu erforschen. Doch sie verschloß sich ihm ganz und gar.

Es kam das liebe Weihnachtsfest.

Der Peitinger Pfarrer, der den Aberglauben seiner Schäflein wohl kannte, versäumte in seiner Festpredigt nicht, auf den

Mummenschanz in den bevorstehenden Rauhnächten mit Abscheu hinzuweisen. Man solle sich ja nicht vom trügerischen Blendwerk des Satans verwirren lassen! Dieses bösen Menschenfeindes Art sei es nämlich, in den Hirnen Bilder hervorzubringen und Vorstellungen zu erzeugen, die jeder gesunden Menschlichkeit widersprächen. Dem könne man nur begegnen durch inständiges Beten und durch Vermeidung jeglichen Trübsinns. Gerade der Trübsinn sei ein fruchtbarer Nährboden teuflischer Verführungskünste. Er verjage alle Freude, besonders aber die, welche der Christenmensch am Tage der Erscheinung des Herrn so beglückend empfinde. „Denn erschienen ist heute die Güte und die Menschenfreundlichkeit unseres Gottes!"

Diese Gedanken hatte der gute geistliche Herr nicht zuletzt auch auf seine Schwester Lena gemünzt. Die war jedoch gar nicht in die Kirche gegangen, sondern hatte sich in ihre Kammer zurückgezogen. Sie konnte den Verlust ihres Freundes Simon nicht mehr verkraften. Darum holte sie aus ihrem Schrank jene grüne Salbe heraus, mit der er sie vordem öfters eingeschmiert hatte, und tat nun genau so, wie er immer getan: Sie entkleidete sich und strich sich besonders ihre erregbarsten Körperteile ein, – und das mit dem Mut der Verzweiflung. Dabei murmelte sie ein paar jener Anrufungen, die sie stets aus Simons Munde gehört hatte.

Und weiß der Himmel!, es dauerte nicht lange, da überfiel sie der Wahn: Sie saß mit anderen Frauen an gedeckter Tafel, sie tanzte mit einem Junker im lieblichen Reigen, sie wurde von ihm zur Buhlschaft in ein trautes Kämmerlein geführt und sanft auf einen Federsack gehoben, sie empfand mit ihm die Verschmelzung süßester Gefühle.

Herr Benedikt hatte das hochheilige Amt zelebriert, hatte die Segenswünsche seiner Pfarrkinder entgegengenommen und begab sich ins Widum. Besorgt um die Schwester, schritt er durch alle Räume und kam schließlich – was das ganze Jahr über nie geschah – in ihre Kammer. Er war entsetzt, als er sie

ganz entblößt auf den Boden hingestreckt sah, am ganzen Leibe den fetten Glanz der grünen Salbe. Der Topf stand daneben.

Er wußte sofort, was das alles zu bedeuten hatte, waren doch gerade in jener Zeit etliche Unholdinnen aus dem Niederen Bayern zu Mühldorf in die grausamen Hände der Salzburgischen Fragerichter gefallen; und landauf landab erzählten sich die Leut, wie die's getrieben hatten.

Die Lena lag da und war nicht bei Sinnen. Da ging er hinab und holte aus dem Stall den Ochsenziemer. Damit schlug er erbarmungslos auf die Schwester ein und sprach dabei den Exorzismus. Bald war ihr Leib voller Striemen, da und dort platzte die Haut auf; doch es floß kein Blut weg. Das war ein untrügliches Zeichen, daß der böse Feind seine verruchte Hand im Spiel hatte.

Die Lena aber erwachte nicht, den ganzen Mittag nicht. Erst als er sich anschickte, zur Vesper zu gehen, kehrte ihr das Leben zurück, und sie zog sich an. Sie sagte kein Wort, sondern begab sich in die Kuchel, um ihrem Bruder den mittägigen Festtagsbraten zu richten. Er ließ sie gewähren und eilte in die Kirche.

In seinem ganzen priesterlichen Leben hatte er noch nie so inständig gebetet wie jetzt. Aber auch noch nie waren seine Gedanken so weit vom liturgischen Geheimnis des hohen Festes abgeschweift. Während sein Mund die lateinischen Psalmen des Königs David sprach, flehte er im Herzen: „Liebes, göttliches Kind, was soll denn bloß aus uns werden, wenn sie eine Hexe ist? Meine geistlichen Mitbrüder werden über mich herfallen. Ausliefern werden sie mich an die heilige Inquisition. Und dabei hab ich doch kein Fünkchen Ahnung gehabt! Liebes Jesulein, mach, daß sie auch mit ihr, meiner kreuzbraven Lena, milde verfahren! Sie ist ein so gutes Mensch! Wahrscheinlich hätt sie nie nit Pfarrkocherin werden sollen. Ein ordentlicher Mann und eine Stub'n voller Kinder, so wär's recht gewesen für sie! Nun aber treibt sie's mit der grünen Salben und mit allerlei bocksbeinigen Hirngespinsten! Jesukind, laß sie nit angezeigt werden!“

Nach der Vesper saßen sie beisammen auf der Ofenbank, und da fing die Lena an zu erzählen. Sie erzählte alles und verschwieg nichts.

Pfarrer Schönhuber erblaßte mehr und mehr. Da hatte seit Jahren dieser Hexer von Rottenbuch monatelang unter seinem Dach gewohnt, hatte die Schwester mißbraucht und ihre Seele verseucht! Und er hatte in frommer Einfalt geglaubt, der Lena sei das hitzige Blut, das sie vom Vater selig geerbt hatte, schon längst abgekühlt! „Ach Gott, Lenerl, was wird denn bloß werden!“

Weil er sich keinen Rat wußte, fuhr er am Nachmittag San. Stephani mit dem Schlitten hinüber zum Herrn Propst Piscator und legte ihm das ganze schreckliche Geschehen auseinander. Der hohe Herr war auch zunächst sprachlos. Gegen Abend jedoch, als der Pfarrer gegangen war, ließ er sich den Simon Altsee kommen. „Wie lange und wie weit willst du's noch treiben!“ herrschte er ihn an. „Glaub ja nicht, daß du ungeschoren deine Missetaten verüben kannst, nur weil du ein paar Münchner Höflinge auf deiner Seite hast! Unser Herr Kurfürst Ferdinand Maria ist ein gestrenger Herr, und wenn er alles erfährt, was in Peiting war, übergibt er dich erbarmungslos den Fragerichtern; die aber kennen kein Erbarmen!”

Mit zerknirschter Miene entgegnete der Roßkamm: „Hoher Herr Piscator, wir irren alle miteinander, nur irrt eben jeder anders! Ihr habt recht, ich bin ein Scharfer! Doch wer nie umgeworfen hat, ist nie gefahren, und auch der geschickteste Bauer macht eine krumme Furche. Schimpft mich, scheltet mich, vermaledeit mich – ich hab's verdient! Wenn aber Ihr mein brodelndes Blut hättet und ich säß hier auf Euerem samtenen Sessel – ich weiß nicht, ob ich den Menschen, der da ist ein Sünder von Anbeginn, so verdammen könnt' wie Ihr. Ich weiß es nicht!“

„Ist's nicht zu billig, Simon Altsee, sich aufs Blut hinauszureden?"

„Billig oder teuer: das Blut ist da!"

„Man muß es bändigen Tag um Tag! Unsereiner ist auch aus Fleisch und Blut und erleidet seine Anfechtung. Da darf man nicht nachgeben, sondern muß widerstehen!"

„Preiset den Himmel, Herr, daß er Euch die Kraft des Widerstands gegeben hat – mir hat er sie nicht gegeben!"

Der ist aalglatt!, sagte sich der Propst und ließ den Altsee gehen. Zeige ich ihn an, lade ich mir ein Menschenleben aufs Gewissen und gefährde den lieben Peitinger Pfarrer; zeige ich ihn nicht an, teufelt er unter den Weibern weiter.

Den ganzen Abend suchte der Herr Piscator nach einem Ausweg, bis er sich schließlich sagte: Die heiße Suppe, die man nicht essen muß, soll man auch nicht blasen! Und bei den alten Römern hieß es in solchen Fällen: Videant consules!

Simon Altsee ging weiter seinem Gewerbe nach, kehrte auch zu gelegener Zeit bei der Wirtin Barbara ein. Ganz geheuer war ihm nicht in dem Bewußtsein, daß die Lena ausgesagt hatte. So sind sie nun einmal, die Weiber!, sagte er sich. Am Anfang gehen sie hart her, und am End gehen sie hart weg! Darum wird er achtgeben und die Wurzel stets bereithalten müssen, denn das Glück ist eine Lotterin, die jede Nacht bei einem anderen liegt – und er hat diese Lotterin nicht gepachtet!

Das Frühjahr kam, die Faste war vorbei, das fröhliche Osterfest stand vor der Tür.

Lena Schönhuberin hatte sich soeben hergerichtet, um mit dem Gemeindewirt zu den Herren Augustinern nach Rottenbuch zu fahren; sie wollte eine Generalbeichte ablegen und Ordnung schaffen in ihrem Gewissen. Da kam die Vroni Tänzlin daher, die Mesnersfrau, und wollte Eier holen. Denn das ging schon seit vielen Jahren so: die Mesnersleut holten sich im Widum die Eier, und die Pfarrersleut im benachbarten Mesnerhaus die Milch. Die Vroni ging denn auch gleich voraus in den pfarrherrlichen Hühnerstall. Als die Lena hinter ihr

Er ist mittels einer ihm vom Teufel angeschmierten Salbe ausgefahren.

Er hat die Tänz der Unholden besucht.

Er hat den teuflischen Mahlzeiten beigewohnt und dabei abscheuliche Laster verübt.

dreingekommen war, schloß die Mesnerin das Türl, drückte sich an die Lena und flüsterte:

„Ist er heut nit da, der Galan?“

Lena erschrak.

„Brauchst keine Angst nit haben, Lena, ich sag schon nix! Aber weißt, wie Ihr's allweil miteinand trieben habt, das möcht' mir schon auch gefallen!“

„Hast du uns g'sehn?“

„Du wirst lachen, ich hab euch da im Hühnerstall g'sehn und droben in der Kammer; wo wir doch die Dachluken zu euch herüber haben.“

„Gott, o Gott!“ seufzte die Lena.

„Jetzt reg' dich halt nit auf, Lena!“ versuchte die Tänzlin zu beruhigen. „'s war ja immer so lustig, wenn er dich eing'schmiert hat. Und wie du's dann mit ihm können hast! Ist er heut wirklich nit da?“

„Schon seit dem vergang'nen Frühjahr ist er nimmer kommen, Vroni! Das mußt du doch gemerkt haben, wenn du's andere auch gemerkt hast!

„Aufg'fall'n ist mir's schon; aber ich hab mir denkt, du hast ihn versteckt. Hast ihn wirklich nit versteckt?“

„Wenn ich dir's sag, Vroni, wirklich nit!“

„Das kann ich dir nit recht glauben! Du gönnst ihn mir bloß nit! Du bist eine ganz Durchtriebene! Aber ich sag dir bloß eins: Wenn du mich hinters Licht führst, dann kannst was erleben, Lena! Denn ich hab alles g'sehn, alles!“

Draußen war sie. Auf die Eier hatte sie ganz vergessen.

Die Wasserprobe

In den neun verflossenen Nachkriegsjahren war das Kurfürstentum Bayern, dank seiner gefüllten Staatskasse und der Sparsamkeit seiner Verwaltungsbeamten, zum wohlhabendsten der deutschen Länder geworden. Kein Wunder, daß im Jahre 1657 nach dem Tode Kaiser Ferdinands III. alle Fürsten dem Herrn Ferdinand Maria in München die deutsche Kaiserkrone anboten. Der aber lehnte nach vielem Hin und Her rundweg ab. Darauf begann seine Gemahlin Henriette Adelaide, die sich nur zu gern als kaiserliche Majestät gesehen hätte, heftig zu toben. Doch der Kurfürst verfügte über ein starkes Gegenargument – (ob er es in seiner Güte angewandt hat, wissen wir nicht!) –; jedenfalls konnte er geltend machen, daß es ihm nach fünfjähriger Ehe immer noch an der Nachkommenschaft gebrach. Ein Kaiser ohne Nachkommen aber wird bald zum Zankapfel im Heiligen Römischen Reich Deutscher Nation; das lehrte die Erfahrung.

Die Savoyerin verstummte also sehr bald, beriet sich jedoch um so eingehender mit ihrem Leibarzt, dem Baron Simeoni. Es hat den Anschein, als ob diese geheimen Unterredungen eher massiven Auseinandersetzungen geglichen hätten, denn der „Dottore“ war völlig verwirrt, als er in einer stürmischen Dezembernacht zu Rottenbuch an Simon Altsees Haustür klopfte.

Der Roßkamm öffnete und grinste dem Manne ins Gesicht: „Das war zu erwarten!“

Dann saßen sie in der Stube, und der Baron berichtete. Am End sagte er kleinlaut: „Du hast mir damals einen guten Rat geben wollen.“

„Wollte ich! Aber Ihr tatet, als hättet Ihr selber einen. Was ist's damit?"

„Nichts ist's! Denn dort, wohin kein Regen fällt, wächst nichts!" Simeoni schaute verlegen zur Seite, wissend, daß er mit dieser Bemerkung den Vorhang vor seiner ärztlichen Schweigepflicht gelüftet hatte.

Der Altsee war ein heller Kopf: „Nicht jeder Regen befruchtet. Auch gibt es Mutterböden, die nicht von jedem Regen befruchtet werden..."

Eine lange Weile sagte keiner ein Wort, bis der Altsee wieder begann: „Es gibt Mittel – Ihr werdet's wissen –, sich eine Brücke zu bauen, hinein in das Herz eines anderen, um dort eine starke Lebensflamme zu entfachen, genau so wie es Mittel gibt, eine dort hervorbrechende Lebensflamme niederzuhalten. Das sind Reizmittel; sie können bis zur Unwiderstehlichkeit reizen."

Der Arzt strich sich mit der Hand über die Augen, als wollte er ein inneres Gesicht wegwischen. Dann meinte er, gleichsam in die leere Luft hinein: „Wer soll da gereizt werden?"

Simon erhob sich von seiner Bank und trat zu ihm: „Dümmer konntet Ihr nicht fragen!"

Der Baron nickte: „Du hast recht! Dümmer nicht! Aber weiter! Hast du einen Zauber, einen, der mir weiterhilft?"

„Das ist ja der Rat, den Ihr damals nicht hören wolltet. Dafür müßt' ich Euch heute zappeln lassen! Ich tu's aber nicht, denn Ihr müßtet sonst vom Hofe gehen und die schöne Frau Fürstin bekäme trotzdem kein Kind! Ihr tätet mir beide leid!"

Der Altsee setzte sich wieder an seinen warmen Ofen hin und fuhr fort: „Hört genau zu! Ihr nehmt ein Läpplein von ihrem Hemd mit der Regelblutung und ein Läpplein von Euerem Hemd, das Ihr beschwitzt habt. Die beiden Läpplein haltet Ihr über den Dampf des gesottenen Satyriumkrautes, wickelt sie dann zusammen, gebt drei Korallen hinzu und das Blatt von einer roten Blume. Mit einem Schlangenkopf versiegelt Ihr alles in einer Kassette und legt diese in ihr nächtliches Ruhebett. Das sollt Ihr aber nicht in München tun, sondern bei den stärkenden Quellen in Heilbrunn. Bringt sie zuvor dorthin und laßt dann den Dingen ihren Lauf! Ihr seid doch noch ein junger Mann!"

Baron Simeoni starrte immer noch vor sich hin: „So stehe ich nicht bloß mit einem, sondern schon mit beiden Füßen im Grabe!"

Der Altsee grinste: „Wenn's nur von Euch abhinge, gewiß! Indes, es hängt in der Hauptsache von ihr ab. Und sie hat in ihren Ledigenjahren auf dem Turiner Hofe mehr gesehn und gehört, als sie auf dem Münchner in einem ganzen Jahrhundert erführe. Man rühmt ihr doch einen hohen Grad von Klugheit nach; wißt Ihr das nicht?"

„Doch!"

„Nun also!"

„Ich weiß nicht, wie ich dir danken soll."

„Ihr dankt mir am besten, wenn Ihr mich nie mehr besucht!"

„Das ist nicht viel, Simon Altsee!"

„Für mich genug, Dottore!"

Der Morgen graute über dem Kirnberg auf, als der Baron Simeoni Rottenbuch den Rücken kehrte und auf München zu ritt.

Dann kam das neue Jahr, und um Walpurgis herum gelüstete es den Roßkamm, trotz allem die Lena aufzusuchen. Wenn er sich jetzt auch nicht mehr vor den Leuten zu verstecken brauchte, so hielt er es doch für ratsam, die Pfarrkocherin nicht in übles Gerede zu bringen, und nahm darum den abendlichen Weg der Gewohnheit nach wieder durch den Hühnerstall.

Die gute Lena war entsetzt und glücklich zugleich und weinte. Darauf erzählte sie ihm, daß die Nachbarin Zeugin ihres Treibens gewesen sei; deshalb wolle sie erst allein in ihre Kammer gehen und die Fenster verhängen. Erst dann möge er nachkommen.

Und so geschah's.

Dann feierten sie mit Hilfe des Salbentopfes eine echte

Walpurgisnacht. Da gab's eine Ausfahrt, üppige Gelage und Buhlschaft mit den Scheitanen, die sich in der Gestalt kräftiger Ziegenböcke, aber auch als hübsche Junker zeigten. Der Altsee blieb die ganze Nacht und schlich sich erst in der Morgendämmerung davon, als die ferne Felsenstirn der Zugspitze zart zu erröten begann. Die Lena aber war so unvorsichtig, daß sie den Fenstervorhang gerad in dem Augenblick wegzog, als die Tänzl-Vroni drüben das Guckfensterl öffnete. Das wär jedoch gar nicht weiter schlimm gewesen, wenn sie sich nicht, anstatt der Nachbarin einen guten Morgen anzusagen, verschämt in den Hintergrund ihrer Kammer zurückgezogen hätte. Dieser jähe Rückzug gab der anderen die Gewißheit, daß sich der „Galan" wieder einmal eingefunden hatte, zumal all die Wochen her das Fenster in Lenas Kammer nie verhängt gewesen war. Und sie wurde von heftiger Eifersucht ergriffen. Sie zögerte auch nicht und kam sofort ins Widum, um ihre Milch mitzubringen und die Eier abzuholen. Sie hätte die Lena erst gar nicht zur Rede stellen müssen, denn der waren die Ausschweifungen der Nacht ins erschöpfte Gesicht geschrieben. So belferte sie nur ein paar wuchtige Fragen heraus, darüber die andere schamrot wurde und nichts zu erwidern wußte.

Von diesem Morgen an war Feindschaft gesetzt zwischen der Lena und der Vroni, eine derart bittere Feindschaft, daß die beiden Männer – der Pfarrer und der Mesner – fassungslos die Köpfe schüttelten. Schließlich meinte aber der Herr Schönhuber zum anderen: „Nachbar, der Schnee zergeht, ehe er warm wird; wir müssen Geduld haben!"

Während nun die Tänzlin krampfhaft überlegte, wie sie der Schönhuberin hinter das Geheimnis um den Galan kommen könnte, goß die Lena Öl ins Feuer. Sie verhängte ihr Fenster jeden Abend, obwohl der Altsee nie zugegen war. Platzen sollte sie vor Wut!

Nicht genug! Sie ging auf den Dachboden, wo die Schränke und Truhen standen und kramte ein grünes Gewand heraus, das der Vater selig nur sonntags getragen hatte. Sie wusch die Hose und klammerte sie an die Wäscheleine just vor dem Kuchelfenster des Mesnerhauses. Und das wiederholte sie ungefähr alle vierzehn Tage. Als sie deshalb einmal vom geistlichen Herrn Bruder zur Rede gestellt wurde, meinte sie ungehalten, das Zeug müsse an die frische Luft, sonst werde es von den Motten befallen. Er möge sich um diese Dinge nicht kümmern!

Die Vroni aber kochte in ihrem Herzen. Und eines Tages im Herbst hatte sie ihren Plan gargekocht. Sie erklärte ihrem Manne, daß sie zur Kirmes ein neues Kleid brauche und darum die Nadelmeisterin in Rottenbuch aufsuchen müsse. Der Tänzl stimmte zu, hoffte er doch, das Eheweib wenigstens so zufriedenstellen zu können.

Sie pilgerte also im Ammertal dahin und begab sich sogleich zu den Herren Augustinern. Sie ließ den Herrn Gregor, der auch ihr Beichtiger war, ins Sprechzimmer bitten und erzählte ihm mit blutvollen Worten ihre Beobachtungen im Peitinger Widum, so blutvoll, daß dem braven Chorherrn schier Hören und Sehen verging.

Als sie sich verabschiedet hatte, meldete Herr Gregor die leidige Geschichte seinem Propst, und der schrieb schweren Herzens an den Schongauer Pflegerichter. Er bat ihn um ein möglichst unauffälliges Einschreiten, da es sich ja um die Schwester des Pfarrers handle.

Bereits am anderen Tage erschienen zwei berittene Schergen in Peiting, um die Lena wegzuführen. Da wurde aber Pfarrer Benedikt Schönhuber, ganz gegen sein sonstiges Wesen, sehr zornig und verlangte, die Schwester unter allen Umständen begleiten zu dürfen. Die Männer hatten dagegen nichts einzuwenden, und so ging's denn ab nach Mühldorf, wo damals ein Tribunal der Salzburger Heiligen Inquisition versammelt war. Diese geistlichen Herren Inquisitoren wunderten sich über die Maßen, einen Hochwürdigen in der Begleitung einer Hexe zu sehen, – denn als Hexe galt ihnen jedes zugebrachte Weibsbild. Sie luden ihn denn auch gleich vor und fragten ihn gemäß den Regeln des „Kelheimer Hexenhammers“ gehörig aus. Der Pfarrer verschwieg nichts von dem, was er wußte, und bat, die Schwester nicht sofort dem peinlichen Verhör auf der Folter zu unterziehen, sondern erst andere Hexenspürmittel zu versuchen.

Einer der richterlichen Herren hielt diese Bitte für gerechtfertigt und erklärte, man werde zunächst die Wasserprobe an ihr vollziehen.

„Wasserprobe?“ fragte Benedikt Schönhuber schüchtern, denn er hatte von den Praktiken der Hexenrichter keine Ahnung.

„Ja, lieber Mitbruder! Und wir bitten Euch, Zeuge zu sein. Denn was der leibliche Bruder einer Unholdin bezeugt – gar wenn er ein Geistlicher ist –, braucht im Protokoll nicht mehr langwierig beschrieben zu werden.“

Benedikt nickte zustimmend.

Nun begaben sich die Richter und Schergen mit der Lena und ihrem Bruder hinaus zur Innbrücke. Einer der rohen Gesellen riß ihr die Kleider vom Leibe, band ihr Hände und Füße zusammen und ließ sie dann rasch an einem Strick über das Geländer in den Fluß hinabgleiten. Sie tauchte für ein paar Augenblicke unter, wurde aber bald wieder emporgetrieben und verharrte dann schwimmend an der Oberfläche. Nach einer längeren Weile, während sie auf dem Wasser lag, wurde die Lena etliche Ellen hochgezogen und abermals hinuntergelassen, und so noch ein drittes Mal. Immer tauchte sie wieder auf und schwamm.

Wortlos kehrte das Tribunal auf das fürstbischöfliche Schloß zurück.

Während die Lena in einen stinkigen Keller gesperrt wurde, führte jener Richter Herrn Benedikt in eine geheizte Kammer und sprach mit bedenklicher Miene: „Lieber Mitbruder, Ihr habt es mit eigenen Augen gesehen: sie ging nicht unter, weil sie zu leicht war.“

„Aber, hoher Herr, Ihr habt doch wahrnehmen können, daß sie ganz ordentlich beinand ist, eher zu ordentlich!"

„Eben darum! Dahinter steckt nämlich der Teufel. Er macht die Unholdinnen leicht, damit sie beim Ausfahren in den Lüften rascher vorankommen. Auch nimmt das Wasser diejenigen nicht mit sich hinab, die das heilige Wasser der sakramentalen Taufe, das einst über sie geflossen ist, zurückgewiesen und dadurch den Herrgott an den Satan verraten haben. Ihr seht, lieber Mitbruder, sie ist zweifellos schuldig!"

Der gute Benedikt knickte gottsjämmerlich in sich zusammen und saß da wie ein Häufchen Elend. So erregte er sogar das Mitgefühl des Inquisitors. Der schaute ihn ein Weilchen an, rückte dann seinen Sessel näher zum Pfarrer hin und raunte ihm ins Ohr: „Wenn Ihr sie noch retten wollt, dann fordert das Urteil der Hexenwaage von Oudewater in Holland. Diese Forderung muß Euch nämlich unser Tribunal erfüllen. Indes, ich weiß von nichts und hab Euch nichts gesagt!"

Benedikt Schönhuber, ein einfältiger Mann aus dem Pfaffenwinkel und ohne weltmännische Bildung, hatte von dieser Waage natürlich noch nie gehört. Um so erstaunlicher war es, daß er, als das Tribunal nach ein paar Stunden in der Fragekammer zusammentrat, um die Lena peinlich zu verhören, mit lauter Stimme das holländische Urteil verlangte. Die Herren waren höchst erstaunt, mußten sich aber dann gestehen, daß der geistliche Bruder von jener Waage Kenntnis haben konnte. Sie verfügten also, daß er bis St. Joseph im kommenden Frühjahr das Zeugnis von Oudewater der Heiligen Inquisition in Mühldorf vorzulegen habe.

Die Hexenwaage

Gemeinsam kehrten die traurigen Geschwister nach Peiting zurück. Die Tänzl-Vroni war entsetzt und stand da wie die Butter an der Sonne. Da hatte sie schon schnelleifrig ihr Maul durch den ganzen Ort spazierengeführt, und jetzt war die Hex' wieder daheim!

„Ja, ja, die Klugscheißer und die G'wißwisser!" sagten jetzt die Leut und meinten damit das Mesnerweib. Der Tänzl aber verabfolgte ihr am Abend – das erstemal in seinem Leben! – eine herzhafte Tracht Prügel und zwang sie, blaugedroschen wie sie war, ins Widum zu gehen und um Verzeihung zu bitten.

Anderen Tags ritt der Pfarrer nach Rottenbuch. Michael Piscator freute sich über die Wendung des Prozesses, ließ sich noch Einzelheiten über die Lena berichten und versprach, sein ganzes Ansehen als Propst einzusetzen, damit alles einen glücklichen Ausgang nehme. Er habe aber den Fall nach Schongau melden müssen, weil die Mesnersfrau und ihr Beichtiger im Stift als Mitwisser aufgetreten seien.

Darauf ersuchte er den Herrn Benedikt, noch übers Neujahr seinen Dienst in der Peitinger Kirche zu versehen und dann erst auf die große Reise zu gehen. Er gab ihm einen Brief mit und sogar noch ein gutes Zehrgeld.

Am Abend des Dreikönigstages ließ der Pfarrer Schönhuber den großen Schlitten richten; am anderen Morgen fuhren sie ab auf Augsburg zu. –

Durch die Ratscherei der Tänzlin hatte sich's fast im ganzen Pfaffenwinkel herumgesprochen, was sich in Peiting zugetragen und daß die Pfarrei verwaist sei. Davon erfuhr auch der Simon Altsee. Und weil er die Gabe besaß – ob natürlicher oder teuflischer Herkunft, wer weiß es? –, bisweilen hinter die Ereignisse zu schauen, erkannte er, daß nunmehr die Vroni der rechte Braten für ihn sei. So stand er denn eines Abends bei ihr im Kuhstall, als sie sich anschickte zu melken, und tat mit ihr, wie er's mit der anderen getan hatte. Darauf brachte sie ihn im Widum unter und zwar in Lenas Kammer, weil ja ihr Mann alle Schlüssel des Pfarrhofes verwahrte.

Einen guten Monat lang vollzog sich zwischen den beiden der gleiche Zauber, den diese Kammer schon wiederholt gesehen hatte. Ende Feber aber rückte der Roßkamm mit einer Forderung heraus: Er verlangte den sehr wertvollen, goldenen Speisekelch aus dem Sakramentshäuschen der Peitinger Kirche. Die Vroni erschrak zunächst. Weil er jedoch drohte, sie von Stund ab zu verlassen, willigte sie ein, gab ihm aber zu bedenken, daß geweihte Hostien in dem Kelche seien. – Jeden Sonntag zelebrierte nämlich ein Rottenbucher Herr die Messe in Peiting. Diese Bemerkung der vernarrten Frau hörte der Simon gar nicht, sondern ließ sich die Schlüssel geben. Er drang ins Gotteshaus ein und packte den Kelch. Beim Heraustreten kam ihm der Mesnerhund entgegen, der ihn kannte. Er warf ihm etliche Hostien hin, die der Hund gierig fraß. Dann kam er zur Vroni in den Stall. Sie war gerade dabei, den beiden Kälbern aus dem Spülwasser die Tränke zu richten. Da schüttete er die übrigen Hostien hinein, warf ihr die Kirchenschlüssel zu und verschwand in der Nacht.

Am darauffolgenden Sonntag wurde der Raub offenbar. Propst Piscator ließ den Mesner vor das Rottenbucher Klostergericht zitieren. Doch der Mann wußte von nichts, denn er war in jener Woche im Stiftsholz gewesen und hatte den Schneebruch gefällt; nächtens war er bei den anderen in der Waldhütte gelegen. Sein Weib aber, die Vroni, wisse gar nicht, wo er die Schlüssel zur Kirche verwahre. Zudem scheine sie in gesegneten Umständen zu sein und habe fast ständig im Bett bleiben müssen; zur Not, daß sie habe in den Stall gehen können. Der Herr Klosterrichter möge sie sich nur ansehen:

ganz elend und zusammengeschunden sei sie, das liebe, brave Weiberts!

Der arme Mann, der seit zwölf Jahren auf ein Kind wartete, war ganz beglückt darüber, daß er die freudige Kunde jemandem mitteilen konnte.

Der Klosterrichter bezweifelte die Unschuld des Mesners nicht und meldete den Fall an den Geheimen Ratspräsidenten, Herrn Egon von Fürstenberg, nach München. Der reichte ihn an seine Kanzlei weiter; dort verkroch er sich in einem Stoß dringend zu behandelnder Akten und ward nie mehr gesehen.

Mittlerweile war der Pfarrer Benedikt Schönhuber mit seiner Schwester nach Holland gelangt, ohne größeren Fährnissen begegnet zu sein. Zehn Meilen hinter Utrecht lag das kleine, saubere Städtchen Oudewater, das von der Allerkatholischsten Majestät, dem Kaiser Karl V., das Privilegium erhalten hatte, auf seiner Gemeindewaage über Hexen „Wiegezertifikate“ zu erstellen, die im ganzen Römischen Reich Deutscher Nation Geltung haben sollten. Benedikt und Lena begaben sich alsogleich auf das Rathaus, über dessen Eingangstor die Jahrzahl 1265 zu lesen war, und überreichten dem Bürgermeister den Brief des Propstes von Rottenbuch. Der Mann war zwar – gleichwie die ganze Stadt – protestantisch, erkannte aber das Schreiben als Rechtens und verfügte, das Wiegen der vermeintlichen Hexe unverzüglich in die Wege zu leiten.

Die vornehmsten zwei Ratsmannen, gewesene Bürgermeister, wurden herbeigeholt; sie sollten den wichtigen Akt als Schöffen überwachen. Der Wiegemeister legte die Rechte auf die Bibel und schwor, sein Amt der reinen Wahrheit gemäß auszuüben. Die Hebamme, die man ebenfalls gerufen hatte, tat dasselbe. Drauf gingen alle hinab auf den schmalen Marktplatz. Die zwei Torflügel des Wiegehäuschens standen bereits angelweit offen, und viel schauendes Volk wartete mäuschenstill ringsum. Sie betraten den kalten Raum, von dessen spitzem Deckenbogen die mächtige Waage mit den beiden flachen Waagschalen herabhing; bewegungslos ruhte die Zunge in der Mitte. Der Wiegemeister nickte jetzt der Hebamme zu, und diese griff die Lena sanft am Arm. Da warf sich die ihrem Bruder schluchzend um den Hals. Er küßte sie auf die Stirn und zeichnete ein Kreuz darauf.

Dann stiegen die beiden Frauen in ein Oberstübchen des Wiegehauses. Lena mußte sich völlig entkleiden und ihr Haargeflecht lösen. Die Hebamme untersuchte sie genau, befahl ihr, das bloße Hemd wieder anzuziehen, und warf einen Schleier über sie. Darauf gingen sie hinab. Die Hebamme sprach mit lauter Stimme: „Sie hat keinerlei Gewichte oder andere schwere Dinge an ihrem Leibe verborgen getragen!"

Jetzt bestieg die Lena barfuß und mit gefalteten Händen die eine Waagschale; der Wiegemeister setzte Gewicht um Gewicht auf die andere, alles vor den aufmerksamen Gesichtern der Menge. Bis die Waagenzunge wieder ganz still in der Mitte stand.

„Hundertachtunddreißig Pfund!" sagte der Meister.

Die beiden Schöffen traten näher und zählten die Gewichte. Dann verließen sie mit dem Meister und dem Pfarrer den Platz und kehrten ins Rathaus zurück, während die Hebamme der Lena beim Ankleiden half, denn der waren die Glieder ganz starr geworden. In der Kanzlei warteten bereits der Bürgermeister und sein Schreiber. Förmlich erklärte der Wiegemeister, das Gewicht der Jungfer aus dem Lande Bayern entspreche ganz und gar der Länge ihres Körpers.

Nun ergriff der Schreiber den Federkiel, und der Bürgermeister diktierte: „WIR, die Bürgermeister, Schöffen und Ratsverwandten der Stadt Oudewater in Holland, tun kund und bestätigen hiermit auf Gesuch von Augustinerpropst Michael Piscator wahr und wahrhaftig, daß die Jungfer Lena Schönhuberin aus dem Lande Bayern, einundvierzig Jahre alt, wie ihr gegenwärtiger Bruder, der Pfarrer Benedikt Schönhuber, sich vernehmen ließ, gerade von Wuchs, kräftig von Gestalt, schwarz von Augen und ebenso schwarz von Haar, sich bittend an uns gewandt hat, daß wir auf unserer Stadtwaage – wie es seit alters der Brauch ist – das Gewicht ihres Körpers prüfen. So haben wir ihr solches nicht verweigern können und wollen, und haben auf Grund der beschworenen Aussagen zweier Schöffen, des Wiegemeisters und einer Hebamme das Gewicht von hundertachtunddreißig Pfund mit den natürlichen Proportionen ihres Leibes wohl übereinstimmend erkannt. – Wir erklären ferner, daß dieses Zertifikat, welches wir mit dem großen anhangenden Sigillum unserer guten Stadt Oudewater versehen haben, Rechtsgeltung besitzt im ganzen Reich und jedes weitere Untersuchungsverfahren ausschließt. Die Jungfer Lena Schönhuberin mag diese öffentliche Urkunde gebrauchen, wann und wo immer es für sie ratsam ist. – Actum et perfectum apud Aquas Antiquas idibus Februarii anno millesimo sescentesimo undesexagesimo post Christum natum: doctor Willem Boreman, iustitiarius urbanus."

Der Schreiber reichte das Dokument dem Bürgermeister zur Signatur hin, stäubte mit der Streusandbüchse darüber und übergab es dem Pfarrer Schönhuber, nicht ohne zuvor noch die Gebühr von dreieinhalb Gulden eingefordert zu haben.

Als dann Herr Benedikt vor der Kanzleitür seine Schwester traf und ihr das Zertifikat vorlas, brach sie zusammen. Er mußte sie, unterstützt von den beiden Schöffen, in die Herberge tragen. Dabei sagte er: „Meine Herren, ich bitt' euch, sie zu entschuldigen! Sie ist seit Monaten in ihrem Herzen zwischen Leben und Tod gehangen."

Es erwiderte der eine: „Unsere Stadt darf sich rühmen, in all den verflossenen Zeiten keine Hexe gerichtet zu haben. Wir haben noch nie an diesen Wahnwitz geglaubt. Darum erhielten wir auch vom Kaiser unser Privileg."

Nach einer guten Woche hatte sich die Lena erholt; die Heimfahrt konnte beginnen.

Der Monat März ließ sich sehr milde an, so daß sie unterwegs ihren Schlitten gegen einen Wagen eintauschen mußten. Sie fuhren zügig dahin und waren so glücklich, als hätte sich über ihnen der Himmel aufgetan. –

Ganz und gar unglücklich hingegen gebärdete sich die Mesner-Vroni. Nicht so sehr deshalb, weil sie vom Altsee in der Hoffnung war, sondern viel mehr, weil er nicht mehr kam. Um ihn nicht zu verlieren, hatte sie beim Kirchenraub mitgeholfen und das Sakrilegium mit den Hostien begünstigt – umsonst! Ja, so sind die Männer! Erst schnorren und turteln sie herum; wenn sie dann alles haben, geben sie den Weibern einen Tritt in den Hintern. Nur ihr Mann ist anders! Doch das ist gar kein richtiger nicht, sondern nur einer aus Stroh; der wird alt, wenn ihn die Dummheit nicht vorher auffrißt. Bildet sich ein, er könnt' gar Vater werden! der arme Irre! – Hoffentlich gleicht das Kind dem Roßkamm, denn das ist ein strammer Gesell um und um!

Und eines Abends, gerade als die Vroni den Hof kehrte, kamen der Herr Pfarrer und die Lena daher. Die Lena hatte mittlerweile allen Groll auf die Tänzlin abgetan und grüßte freundlich. Doch die Mesnersfrau wandte sich weg und ging in ihr Haus. Es war ihr in der Seele zuwider, zu wissen, daß diese Pfarrkocherin es vor ihr schon mit dem Altsee gehabt hatte und außerdem keine Folgen in Kauf nehmen mußte. Und jetzt schien ihr Bruder sogar die Hexenrichter übers Ohr gehaun zu haben; sonst wären sie doch nit so fröhlich, die beiden!

Kurz vor St. Joseph brachte Benedikt Schönhuber das Zertifikat in Mühldorf ein, nachdem er es zuvor dem Propst Piscator gezeigt hatte. Überall war große Freude, am Inn und an der Ammer.

Die Hexenwaage von Oudewater früher und jetzt.

Der Hintherum

Simon Altsee hatte sein Raubgut in München an einen Händler gebracht, der häufig nach Polen reiste. Der Speisekelch von Peiting befand sich also schon seit geraumer Zeit jenseits der bayerischen Grenze, und der Roßkamm nahm in aller Gemütsruhe seinen Pferdehandel im Niederen Bayern und im Innviertel wieder auf.

Damit trat auch für die Barbara Stenglin, die Rottenbucher Wirtin, eine Periode der Erholung ein, derer sie dringend bedurfte. Wie oft hatte sie sich schon vorgenommen, ihr Verhältnis mit ihm zu beenden. Umsonst! Sie kamen voneinander nicht los, wie sehr auch der Herr Propst sie ins Gebet nahm. Im letzten Jahr hatte er freilich schon nichts mehr gesagt. Er war müde geworden und mutlos; dauernd gegen einen Berg von Dummheit zu rennen, entmutigt. Soll sie doch ihren Weg gehen, den Weg der satanischen Begierlichkeit! Ihm war es nicht gelungen, sie aufzuhalten. Wer sich von der Wahrheit nicht besiegen läßt, der wird eben vom Trug besiegt!

Und so verging dieses Jahr, in welchem die Tänzl-Vroni einen kräftigen Sohn gebar, und auch das nächste verging, in welchem endlich die Frau Kurfürstin Henriette Adelaide einer Tochter das Leben schenkte. Daß die Prinzessin Liselotte von der Pfalz mit ihrem losen Mundwerk damals behauptete, das Münchner Kindl sähe ganz dem welschen Leibmedikus gleich, wurde am bayerischen Hofe nicht zur Kenntnis genommen; nur von einem Kammerherrn soll das Wort stammen, der Pfälzerin müsse in ihrer Kindheit das Müsli mit der Sense eingegeben worden sein, sonst könnte sie nicht ein so großes Maul haben. Der Satz wurde in der Landeshauptstadt viel zitiert und erregte unter den Höflingen allgemeine Heiterkeit.

Um die Mitte des Jahres 1661 hörte man fast durchs ganze Bayernland wieder von Räubern und Wegelagerern, die sich besonders im Ried und im Gehölz an den großen Ausfallstraßen Münchens gen Augsburg, Landsberg und Schongau zu schaffen machten. Der Seifensieder Donauer von Rottenbuch war erst neulich hinterm Hohen Peißenberg von ein paar Gesellen überfallen worden. Sie hatten ihm zwar alle Barschaft abgenommen, ihn aber sonst nur ganz mäßig verhauen. Einiges Aufsehen erregte seine Bemerkung, ihm sei vorgekommen, als wäre einer der Gesellen der Stengl-Wast gewesen, der ehemalige Wirt. Darüber redeten sie natürlich auch im Wirtshaus vor der Barbara. Doch die lächelte nur mit ihren grünen Augen und meinte: „Sechzehn Jahr' ist's jetzt her! Und der andere, der damalige Gesell vom Simon, hat ihn ja dortmals bei Mergentheim neben sich sterben sehen!"

Damit war für sie der Fall abgetan.

Als im Herbst der Altsee nach Rottenbuch zurückkehrte, erfuhr er auch von dem Gerede. Er war aber nicht so sorglos wie die Wirtin. Gleich in der ersten Nacht schloß er sich, anstatt zu ihr zu gehen, in seinem Hause ein, holte die Wurzel hervor und zitierte den Junker. Der benahm sich recht ungehalten. Er könne verstehen, sagte er, daß Simon die Weiber in Peiting und rundherum gebraucht habe; es sei aber ein Unsinn gewesen, sich ausgerechnet am Ort, wo die Mönche das Regiment führten, mit einer einzulassen. Noch dazu, wo diese immer noch mit den Augustinischen Brüdern paktiere, indem sie den Wein von ihnen beziehe. Das sei zwar nur etwas rein Äußerliches, färbe aber gleichwohl ab. Sogar in den Weihbrunn ihrer Kirche lange sie hinein! Und nach Weihrauch stinke sie auch!

Auf Simons Frage, ob der Wirt tatsächlich noch lebe, erwiderte der andere ausweichend: „Das weißt du doch, daß er nie gefallen war! Die Mär vom Heldentod hattest du damals jenem Gesellen eingegeben, nur damit du um so rascher an das Weib herankämst. Aber verlaß dich aufs Alräunchen!“ Dann war der Junker in einem Nebel verweht.

In diesem Spätherbst begannen die Stiftsherren in ihrer Kirche Andachten abzuhalten und inbrünstige Gebete zu verrichten für die Frau Kurfürstin. Es hieß nämlich, daß sie wieder gesegnet gehe. So wollte man den Himmel bestürmen, daß das Haus Bayern einen männlichen Erben bekäme. Auch von einem Gelöbnis war die Rede: Das hohe Fürstenpaar wollte für die Theatinerpatres ein prunkvolles Gotteshaus bauen, wenn ihm der Stammhalter geschenkt würde.

Der Altsee weilte den ganzen Winter über in Rottenbuch bei der Wirtin. Er wurde bedächtiger.

„Bist halt schon ein zahnloser Katerich!“ spöttelte die Barbara. Und sie hatte recht, denn er zählte dreiundsiebzig Jahre. Gleichwohl überkam es ihn manchmal ganz hitzig, zur Vroni nach Peiting zu reiten. Aber er dämpfte dieses Verlangen mit der Erwägung, daß er vielleicht dieser noch jungen Frau doch nicht mehr genügen könnte. So blieb er also bei der Stenglin.

Mitte 1662 kam dann tatsächlich der Kurprinz Max Emanuel zur Welt. Da gab's Jubel und Feuerwerk überall in den Städten, und die alteingesessenen bayerischen Adelshäuser waren mit der Savoyardin wieder versöhnt, verziehen ihr jetzt auch manche ihrer spinnigen Ideen.

Eines Tages fuhr in die Klosterpromenade ein Hofwagen ein. Ihm entstieg der Baron Simeoni, der Leibmedikus der Frau Kurfürstin, begleitet von zwei ihrer Hofdamen, der Gräfin von Helfenstein und der Edlen Benigna von Rothenlöwen. Sie überbrachten sechs silberne Kandelaber und tausend Reichstaler zum Dank für die Gebetshilfe. Propst Michael Piscator mußte die erlauchte Gesandtschaft im Lehnstuhl empfangen; ihn plagten die Gicht und die Krampfadern. Bei der Verabschiedung bat er, der hohen Frau in München zu bestellen, sie möge auch seinem Nachfolger ihr geneigtes Wohlwollen erweisen, denn mit ihm selber gehe es zu Ende.

Der Medikus versagte sich's nicht, für ein Weilchen beim Altsee vorbeizuschauen. Der trat ihm bereits unter der Haustür entgegen und zwinkerte ihm zu: „Ihr habt Euere Sache gut gemacht!" – „Dein Zauber!" entgegnete der andere und beide lachten, daß es über den ganzen Platz schmetterte.

Und dann geschah, was man hatte kommen sehen, aber im Augenblick nicht für wahrhaben wollte: der bedeutende Vorsteher des Rottenbucher Stifts, das er sechsunddreißig Jahre durch eine schwere Zeit gelenkt und geleitet hatte, legte den Stab aus der Hand. Es trauerte der ganze Pfaffenwinkel um den verständnisvollen und großherzigen Mann. Er war zwar ein Grundherr gewesen, mehr jedoch ein Volkstribun, der mit peinlicher Sorgfalt das Wohl seiner Untertanen betrieb – auch dann, wenn er streng erschien. Er wurde mit großer Feierlichkeit in der Krypta seiner herrlichen Kirche beigesetzt. –

Am späten Abend dieses Märztages kam vom Peißenberg einer dahergeritten. An der Ammerleiten bei den klösterlichen Fischweihern stieg er aus dem Sattel und zog das Roß in die Bootshütte. Er pirschte sich den Hang hinan, kletterte in eine hohe Buxbaumhecke und sprang über die Mauer in den Ökonomiehof. Kein Wächter, kein Knecht zeigte sich, nicht einmal ein Hund schlug an. An der alten Kapelle vorbei gelangte der Mann bis vor auf den Platz, wo das Wirtshaus stand. Hier schien er sich auszukennen, denn er schlüpfte in den Wagenschuppen, ohne daß das Einlaßtürl gequietscht hätte. Hier wartete er. Zwei Stunden. Drei Stunden. Er sah die letzten Bauern weggehen, dann verlöschte jemand in der Gaststube das Licht. Alles finster ringsum. Bald aber gewahrte er, wie im Obergaden ein Talglicht über den Gang huschte und in der Kammer der Wirtin verschwand.

Der Mann wartete.

Nach einer halben Stunde hörte er die Haustür knacken und sah, wie einer herauskam, ganz hart am Schuppentor vorüberging und drüben, jenseits des Platzes, das Haus des Roßkamms betrat.

Kurz nach Mitternacht verließ der Mann den Schuppen und erreichte, so wie er gekommen war, die Hütte bei den Weihern. Er bestieg sein Roß und tauchte im Nebel des Ammertales unter.

Zwei Wochen lang wiederholte sich Nacht für Nacht dieser geisterhafte Ritt. Zwei Wochen lang lurte und loste der Mann aus dem Wagenschuppen des Wirtshauses und wartete, bis der Letzte gegangen und beim Altseehaus verschwunden war.

Zwischenhinein trafen hintereinander im Kloster vier Männer ein, Pilger, wie es schien, die vielleicht nach Rom unterwegs waren. Sie wurden freundlich aufgenommen und im Ökonomietrakt, nahe der Mauer, untergebracht. Es waren stille Leut; man sah und hörte sie den ganzen Tag nicht. Wahrscheinlich beteten sie. Nur am Morgen pflegten sie dem neuen Herrn Propst Augustin Oberst ihre Aufwartung zu machen. Einmal kam auch der Pfarrer von Peiting mit seiner Schwester Lena. Sie blieben den ganzen Tag und waren sogar Tischgenossen des hohen Herrn. Seltsamerweise hatte Herr Oberst sogar die vier Pilger dazugeladen. Sie redeten sehr viel miteinander und sehr leise, so daß der Laienbruder, der sie bediente, nur ganz beiläufig mitkriegen konnte, daß es sich um den Roßkamm handelte. Die Pilger erwiesen besonders der Lena die größte Aufmerksamkeit und fragten sie eifrig aus.

Der Abend senkte sich über das Ammertal nieder. Langfaserige Nebelschwaden zogen an den bewaldeten Hängen hin. Eine letzte Lerche stieg über dem Stiftsgarten auf und wurde von der untergehenden Sonne zart vergoldet. Sachte kam die Nacht vom Staffelsee hergekrochen. Über dem fernen Karwendelgebirg aber zuckte es wie gespenstisches Wetterleuchten. Sagte sich etwas an . . ?

Bei der Stengl-Wirtin ging's hoch her. Der Gemeindevorsteher hatte Kindstauf gehabt, und die Nachfeier hatten sie in die Wirtschaft verlegt, wie sich's für die Besseren gehörte.

Sogar einen Harfner hatten sie sich aus dem Tirol kommen lassen; der sang und spielte, daß es eine Freud war. Der Altsee stand mit der Barbara hinter dem Schanktisch, trug auch den Gästen die Weinkrügerl und die Bierkannen zu. Das tat er schon seit Jahren, und alle wußten, wie er zur Stenglin stand. Mein Gott, warum denn nit! Viel kann bei denen sowieso nit mehr los sein. Sie ist zwar noch recht sauber beinand, aber er, er geht ja schon gut in die Siebzig; da reißt man keine Bäum' mehr aus!

Hinten unterm Herrgottswinkel saß der Donauer, der Seifensieder, und erzählte schlechte Witze. Plötzlich kam er auf die Mesnersleut von Peiting: „So ist's doch allweil: Die Bienen und die Mannsleut fliegen auf den roten Klee; bald aber merken sie, daß sie auf einer Saublume hocken! Was war doch die Tänzl-Vroni, die wo die Mesnerin ist, für ein sauberes Weiberts! Die Burschen vom halben Pfaffenwinkel sind ihr nachgestiegen. Da kriegt sie auf einmal einen Bankert – und aus ist's! Der Mesner ist zu bewundern! Ich möcht sie nit mit der Feuerzange anpacken!"

„Weiß man's, von wem das Kind ist?" fragte einer laut.

„Was heißt da, von wem?" fragte der Donauer zurück.

Und der andere drauf: „Du wirst so ein Depp sein! Fragt ‚von wem?' Weißt du denn nit, daß sich der Mesner gleich nach der Hochzeit den Stachel vom Dengelstock ins Gemächte g'rennt hat? Der hat keinen Taug mehr!"

Einige lachten kurz auf; dann waren sie alle ruhig. Wegen der Barbara. Die hatte ja auch ein g'schlampert's Verhältnis. Und der Altsee war ein wilder Hund; ihn zu reizen, zahlte sich nit aus.

Inzwischen war es ganz finster geworden, und die ersten nahmen ihren schäbigen Hut vom Holzpflock an der Tür und gingen. Nur die Godn tranken noch wacker auf die Kindbetterin, denn das scharf gepfefferte Kindleinmahl wollte immer noch begossen sein. Doch in der elften Stund verloren sich auch die, und der Altsee begleitete die Barbara über die knarzende Treppe hinauf in die Kammer. Er zog sich aus, verlöschte das Licht und wollte sich zu ihr legen.

Dazu kam er jedoch nicht, denn der wohlgezielte Hieb mit einem Knüppel streckte ihn nieder. Dumpf fiel der kräftige Körper hin, so daß die Barbara fragte: „Was ist denn mit dir? Bist irre worden im Finstern? Da geh her, Simon!"

Nun ging zwar einer hin zu ihr, 's war aber nicht der Simon. Er umklammerte mit beiden Händen ihren Hals und würgte sie: „Du Sau!" Und er drückte ihr mit den Daumen die Kehle zu, so lange, bis sie sich nicht mehr aufbäumte. Dann warf er sie hin.

Währenddem war jedoch dem Altsee die Besinnung zurückgekehrt. Er grapschte ringsherum und griff seine Hose. Er wühlte darin und suchte die Wurzel. Doch da strahlten plötzlich vom Fenster und von der Tür her Blendlaternen auf, und zwei Männer stürzten sich aus der Dunkelheit auf ihn, der noch nackig am Boden saß. Er stieß bellend ein paar Flüche aus, die keiner verstand. Dann hatten sie ihm die Arme überm Gesäß zusammengebunden. Einer, der ihn dann aufhob, meinte: „Der stinkt wie ein gekörter Geißbock!"

Darauf wandten sie sich an den, der noch beim Bett stand: „Wer bist du?"

„Bin von uns allen der einzige, der hierher gehört! Bin der Wirt! der Stengl-Wast!"

Fragte der eine, ein Jüngerer: „Hat's denn hier je einen Wirt gegeben?"

Darauf ein Älterer: „Hat schon! Doch der ist im Dreißigjährigen Krieg gegen die Franzosen mitzogen und nit mehr z'ruckkemma."

Der Sebastian entgegnete spöttisch: „Ja, ja, so haben die zwei sich's vorg'stellt! Aber das war eine Rechnung ohne den Stengl-Wirt!"

„Mir scheint aber", erwiderte der Alte, „du selber hast auch noch einiges am Kerbholz stehen!"

Ohne viel Federlesens strickten die vier auch den Wirt ein, verließen das Haus und begaben sich wieder in den Ökonomietrakt des Klosters. Hier gaben sie dem Altsee eine Gärtnerhose, die vor erstarrtem Dreck aufrecht stehen konnte, und schlossen ihn dann mit Ketten an einen Mauerring, daran sonst der Gemeindestier hing, wenn er auf die Kuh wartete.

Nachdem sie sich am anderen Morgen beim Herrn Propst herzlich bedankt hatten, fuhren sie auf einem Klosterwagen mit ihren zwei Gefangenen aufs Pfleggericht nach Schongau. Ihre „Pilgerfahrt" nach Rottenbuch hatte sich gelohnt.

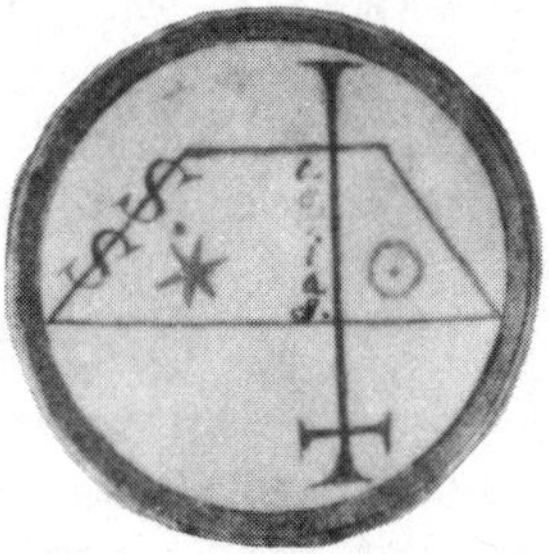

Im Malefizturm

Als sich dieser nächtliche Spuk an der Ammer herumgesprochen hatte, war die Erregung groß. Die Leut erregten sich vor allem über den Propst. Er – so hieß es – hatte die vier Schongauer Häscher unter dem Deckmantel frommer Pilgrime herbeizitiert und beherbergt. Und jetzt, wo der arme Stengl-Wast, der Wirt, nach so vielen Jahren endlich wieder hat heimkommen können in sein Haus und zu seinem Weib, da wird er kaltschnäuzig dem Gericht ans Messer geliefert! Der Altsee aber, was wollen sie denn mit dem? Jetzt ist er fünfundsiebzig Jahr' alt! Wenn er sich manchmal zur Barbara hingekuschelt hat – was hat's denn schon zu bedeuten! Sie hat's gebraucht, und ihm hat's nit wehgetan! Aber die zwei Mannsbilder müssen hart um das arme Weiberts gestritten haben. Ein paar Stunden lang soll sie gar nit bei Sinnen gewesen sein, und heut noch sieht sie ganz zerschunden aus.

Am Pfleggericht zu Schongau aber dachte man anders. Als die zwei Missetäter ordentlich eingesperrt waren, schlugen die Gerichtsherren im Archiv nach und fanden – den Sebastian Stengl betreffend –, daß er dem Herrn Michael Piscator, weiland Propst zu Rottenbuch, am Reisewagen die Speichen zersägt und die Rösser „mittels im Sack habender Fasanenhennen verschüchtert hatte, dergestalt daß es dem geistlichen Herrn schier ans Leben gegangen wär." Weil aber der Propst bereits gestorben war und die Tat achtzehn Jahre zurücklag und weil der Stengl unter dem General Mercy höchstseligen Angedenkens gegen den Feind bei Mergentheim siegreich mitgekämpft hatte, erkannte das Gericht auf eine leibliche Buße von fünfundzwanzig Streichen. In Ansehung jedoch der nicht mehr jungen Jahre des Übeltäters solle es bei zwölf Arschhieben bewendet bleiben, die der Schongauer Galgenknecht indes „mit zuneigender Mildigkeit“ verabfolgen möge.

Dies vollzog sich während der Winterszeit, und im Frühjahr 1664 kehrte der Wast in seine Wirtschaft zurück.

Nun hatte aber die Barbara nach jener fürchterlichen Nacht das neben ihrem Bett liegende Gewand des Simon Altsee behutsam – man konnte ja nicht wissen! – aufgehoben und in den großen Schrank hinter das Zeug ihres Mannes gehängt. Als der jetzt heimgekommen und wieder in seine einstigen Hosen und Joppen geschloffen war, fühlte er sehr bald an seinem ganzen Leibe ein fürchterliches Jucken, so fürchterlich, daß er sich mehrmals am Tage ausziehen und mit der Wurzelbürste abreiben mußte. Damit wurde jedoch das Übel nur noch schlimmer; denn wenn auch seine Haut alles andere als zart war, so hielt sie doch den steifen Borsten der Bürste nicht stand, sondern brach auf. Da begann der arme Mann am ganzen Leibe zu nässen und vertrug überhaupt kein Gewand mehr, weder Hemd noch Hose. Anfangs wickelte ihn die Barbara in Leinentücher, so daß er aussah wie der auferstandene Lazarus. Bald aber konnte er auch diese nicht mehr aushalten. Nackig und voller brennender Qualen rannte er durch die Kammern des Obergadens und schrie und tobte. Bis dann eines Tages das rohe Fleisch eiterig wurde und gar anfing zu stinken. Der Bruder Infirmarius vom Kloster, den sie schließlich holten, meinte, das müsse eine Art herodianisches Siechtum sein, benannt nach dem biblischen König Herodes, der auch bei lebendigem Leibe verfault war. Und der Bruder hatte recht. Vierzehn Tage danach war der Wast tot. Die Leichenträger mußten sich Tücher, die sie mit Knofel eingerieben hatten, vor die Nasen binden, und die Trauerleut konnten sich bis auf höchstens zwanzig Ellen dem Grabe nähern.

Das hatte es zu Rottenbuch noch nie gegeben. Manche meinten jetzt, hinter diesem fürchterlichen Tod könnte möglicherweise ein heimlicher Fluch des Roßkamms versteckt gewesen sein; denn das wisse man ja, daß der ein Hexer sei!

Ein Hexer?

Das war jetzt auch die große Frage, die sich das Pfleggericht in Schongau stellte. Die Ansichten der Richter gingen da sehr auseinander. Gewiß, böses Wetter machen mittels eines durch die Luft gefuchtelten Etwas, Zaubersalben aus Kindsleichen kochen, Hostienraub und Hostienfrevel, Brandstiften durch niederzuckende Blitze – das waren Dinge, die mit teuflischen Hantierungen zu tun haben konnten. Andererseits gehörte zu den ganz gemeinen Verbrechen: einen Burschen erstechen, einen Handelsmann ausrauben, ein Mägdlein bis auf den Tod mißbrauchen, wie überhaupt die zahllosen Unzuchten dieses Menschen landauf landab. Das war zwar auch teuflisch, doch gängig auf dieser Welt.

Was also?

War er nämlich ein Hexer, dann mußte er vor die Salzburgische Inquisition nach Mühldorf; war er aber ein simpler Malefikant, dann fiel er unter die Zuständigkeit des Geheimen Rates in München.

Diese Frage beschäftigte seit der Mitte des Jahres sogar den Hofgerichtsrat. Die Entscheidung schloß allerhand Bedenken ein. Überstellte man nämlich den Altsee dem Geheimen Rat und käme dann wirklich heraus, daß er vor die Inquisition hätte gebracht werden müssen, dann konnte das Verwicklungen mit dem nachbarlichen Herrn Fürstbischof in Salzburg geben. Der fühlte sich von dem Bayern sowieso stets übervorteilt und an die Wand gedrückt; – das fing mit dem Salzhandel an, setzte sich mit dem Getreidehandel fort und konnte gegebenenfalls mit dieser heiklen Gerichtsbarkeit ein dummes Ende nehmen. Also Vorsicht!

Um nun ganz sicher zu gehen – und in politicis mußte man das! –, wandte sich das Hofgericht unmittelbar an den durchläuchtigsten Herrn Kurfürsten selbst. Ferdinand Maria war nicht der Mann rascher Entschlüsse und ließ die Frage zunächst auf sich beruhen – über ein halbes Jahr lang. Weil aber die Schongauer Herren ihren Gesellen endlich lossein wollten und beim Hofgericht erneut anfragten, kam die Angelegenheit wieder auf den Tisch. Ferdinand Maria bat daher den Pater Anton Schmid, Jesuitenrektor bei St. Michael, zu sich. Er hatte ja bei diesen sehr gescheiten Patres in Ingolstadt studiert und schätzte ihr Urteil wie kein anderes.

Pater Schmid, ein geradliniger, nüchterner Tiroler, erbat sich nicht einmal Bedenkzeit, sondern erklärte wie aus dem Handgelenk – gestützt auf die „Cautio criminalis", das berühmte Hexenverteidigungsbuch seines Mitbruders Friedrich von Spee –, diese Prozesse seien ein himmelschreiender Unsinn und eine vieltausendgliedrige Kette von Verbrechen gegen die Menschlichkeit. Und er zitierte einen markanten Satz aus Spees Buch: „Wenn man ihn nur lange und kräftig genug foltert, dann wird sogar der Papst gestehen, ein Hexer zu sein!"

Angesprochen auf die möglichen unliebsamen Folgen mit Salzburg, erwiderte er mit einem leicht spöttischen Lächeln: „Wenn es irgendwo Hexen gegeben hat, dann geisterten sie in der Schlafkammer auf Schloß Mirabell herum. Die hat man jedoch nicht verbrannt, sondern hat sie in ihrer nackten Üppigkeit in weißen Marmor hauen lassen und in den Grotten des Schloßgartens verewigt."

Der Kurfürst machte ein bedenkliches Gesicht, und der Jesuit fuhr fort: „Durchläuchtigster Herr, ist der Mann, um den es hier geht, ein Mörder, so richtet ihn als Mörder; ist er ein Jugendverderber, so richtet ihn als Jugendverderber; ist er ein Brandstifter, so richtet ihn als Brandstifter; ist er aber ein Erotomane, ein vom Liebeswahn Besessener, dann schickt ihn zum Arzt. Ich wüßte jedoch nicht, was er verbrochen haben müßte, daß man ihn der unheiligen ‚Heiligen Inquisition' ausliefern dürfte."

Pater Schmids Urteil ließ nichts zu wünschen übrig. Der Kurfürst erklärte, der angebliche Hexer von Rottenbuch gehöre in den Malefizturm nach München und müsse dort ohne jegliches Vorurteil, und rein nach der Schwere seiner Verbrechen abgeurteilt werden. Eine Auslieferung nach Mühldorf wurde mit keiner Silbe erwähnt. –

Während all dieser Monate fristete Simon Altsee in Schongau ein erbärmliches Dasein. Daß sie ihn halb verhungern ließen, mochte noch angehen; auch daß der Bart schimmlig geworden war, regte ihn nicht weiter auf. Aber daß der Junker oder ein anderer von den Scheitanen auf seine Anrufungen nicht mehr ansprach, das zermarterte ihm die Seele. Er deutete es sich so, daß der Aufstieg oder Niederstieg dieser Geister eben nur an die Kraft der Wurzel gebunden war, und diese Wurzel besaß er nicht mehr, konnte sich auch keine mehr beschaffen.

So war ihm denn alles Wurscht, was sich um ihn tat; am liebsten hätte er sich erhängt, doch sie hatten ihm nichts gelassen, was dazu brauchbar gewesen wäre. Auch wenn der eine oder andere der Knechte mit ihm redete, berührte ihn das nicht. Nur als es hieß, er werde nach München gebracht, kam wieder Leben in ihn, hoffte er doch, es könnte sich dabei ein ganz kleines Hintertürl in die Freiheit auftun – nicht zwar in München, aber unterwegs. Diese Hoffnung mußte er indes begraben. Als der Tag der Überstellung aufgegangen war, schnürten sie ihn auf den Schinderkarren und bemühten sogar den Schmied. Der mußte ihm eine eiserne Halskrause und Ringe an die Hände und Füße legen, die mit Ketten durch den Wagen hindurch aneinandergeschlossen waren.

So fuhr er, begleitet von einundzwanzig hellebardierten Schergen, am 11. August 1665 durchs Isartor in die bayerische Landeshauptstadt ein und kam im Malefizturm in das stärkste Verlies.

Dieser nicht alltägliche Geleitzug hatte Aufsehen erregt, zumal sich während der Hundstage in der föhndurchglühten Stadt sowieso nichts rührte. Selbst bei Hofe sprach man darüber. So konnte es nicht ausbleiben, daß auch der Leibmedikus Ihrer kurfürstlichen Durchlaucht davon erfuhr. Er erkundigte sich sehr eingehend, schon um seiner hohen Patientin in Heilbrunn davon berichten zu können, in deren Bett er nach wie vor Simon Altsees befruchtenden Liebeszauber verbarg. Baron Simeoni bemühte sich eifrig, zu erfahren, welcher Verbrechen man den alten Mann zieh, doch keiner der Fragerichter machte – und das tat dem Baron leid – auch nur die geringste Andeutung.

Indessen studierten die drei Herren des Geheimen Rates eingehend die Aufzeichnungen, welche von Schongau mitgekommen waren. Als sie sich ein klares Bild gemacht zu haben glaubten, schrieben sie Briefe und luden die Zeugen vor: Herrn Propst Augustin Oberst von Rottenbuch; Herrn Pfarrer Benedikt Schönhuber von Peiting, ebenso dessen Schwester Lena; den steinalten Bauer Jakob Binder von Rottenbuch; sodann noch die Peitinger Mesnersfrau Veronika Tänzlin, die ihr sechsjähriges Söhnchen mitbrachte; und schließlich die Stengl-Wittib Barbara.

Der Prozeß begann.

Zunächst hörten sich die Richter die Aussagen der Zeugen an. Der Herr Propst, der schon ein Vertrauter seines Vorgängers gewesen war, wußte von elf Unwettern zu berichten, die der Altsee über gewisse Dörfer im Stiftsland hatte niedergehen lassen; Weiden, Saaten und Ernten waren vernichtet worden, Vieh war zu Schaden gekommen, Hausdächer wurden eingedrückt oder abgedeckt. Auch kannte der Herr Augustin Oberst die gräßliche Tat an jenem Burschen, den der Altsee bei einer Hochzeit aus reiner Eifersucht erstochen hatte; er, Oberst, war damals selber, die Totenpsalmen singend, hinter dem Sarg einhergegangen. –

Der Binder-Jakl, dem der Roßkamm das fünfzehnjährige Töchterlein Margarethe zuschanden gemacht hatte, fluchte ohne Unterlaß. Mit Mühe nur konnten die Richter aus ihm herausbringen, wie oft etwa das Mädchen bei dem Manne eingekehrt war. Einer der Herren gab dem Jakl freilich zu bedenken, daß die Jungfer im Kopf nicht ganz recht gewesen sei und daß sie darum den Mann ganz aus freien Stücken aufgesucht haben könnte, was natürlich die Schuld des anderen stark minderte. Da fing aber der Jakl zu brüllen und zu toben an, so daß sie ihn aus der Amtsstube mit Gewalt entfernen lassen mußten.

Vom Herrn Pfarrer Benedikt Schönhuber erfuhren sie in allen Einzelheiten, wie er seine Schwester, dem Anschein nach ganz leblos auf dem Estrich liegend, in der Kammer gefunden hätte, den Salbentopf daneben, und wie sie, als ihre die Besinnung zurückgekehrt war, allerhand wirres Zeug vom Ausfahren, vom Besenritt und von der mixtio carnalis mit einem bocksbeinigen Buhlen gefaselt habe. Die Salbe habe ihr der Altsee bereitet, ebenso das Einstreichen fleißig mit ihr geübt. Eine Hexe sei die Lena freilich nicht; das habe die Waage von Oudewater in Holland deutlich erwiesen. Davon hätten sich sogar die Herren Inquisitionsrichter von Mühldorf überzeugt.

Darauf kamen die Frauen an die Reihe. Die Jungfer Lena Schönhuberin, Pfarrerskocherin, sagte ähnlich aus wie ihr hochwürdiger Herr Bruder; nur fügte sie mit aufrichtigen Worten hinzu, den Simon treffe überhaupt keine Schuld. Denn einmal sei er auf der Flucht gewesen vor den Häschern – und jeder möcht' halt gerne sein Leben retten, und vor einem Pfarrhofe hätten die Häscher halt doch Respekt. Was das andere beträfe, so hätte sie bis dahin in all ihren Jahren noch nie einen Mann gehabt und sei daher voller fleischlicher Begierde gewesen. Sie könne sich nämlich nicht vorstellen, daß sie aus einem anderen Grunde den Simon mit in ihre Kammer genommen hätte. Auch die Barbara Stenglin nahm den Altsee und sich selbst in Schutz. Er sei Jahrzehnte lang allein gewesen mit seinen Rössern und dem tauben Knecht, nachdem er frühzeitig die Freuden des Ehelebens wegen des Todes seiner Frau eingebüßt hätte. Ihr selbst sei es nach der wilden Flucht ihres Mannes, des Stengl-Wirts, ähnlich ergangen, indem sie ja jetzt erst fünfzig Jahre zähle und an ihr noch alles dran sei. Daß ihr der Simon mit seiner Wurzel das Kind erkrümmt und möglicherweise auch den Mann, den Stengl-Wirt, angegiftet habe, davon könne sie ihn freilich nicht freisprechen. Denn es sei all die Jahre her zu offensichtlich gewesen, daß er sie ganz allein und ohne Anhängsel für sich habe haben wollen. „Das solltet Ihr aber, liebe Herren Richter, verstehen, denn Ihr seid ja auch Mannsbilder und werdet's nit durch die Rippen schwitzen!" Mit diesem herzhaften Wort beendete die Barbara ihre Aussage.

Die drei Amtsmänner mußten jetzt eine längere Weile vergehen lassen, ehe sie zur letzten Vernehmung schreiten konnten. So etwas hatte ihnen, weiß der Himmel!, noch kein Weib ins Gesicht gerieben. Und sie waren entzückt über die herrliche Unverfrorenheit der Leute vom Land; sie entspringe nämlich ihrer seelischen Lauterkeit, von der die Stadtmenschen, vor allem aber dieses welsche Gesindel und die Kurfürstin, weit entfernt seien. Zu diesem Gesindel gehöre in erster Linie ihr Leibarzt; und man fresse einen Besen – natürlich ganz im Vertrauen! –, wenn der ihr nicht eine ganz besonders belebende Mixtura verabfolge. Nach der gesunden Weisheit der Stenglin sei das angesichts der Jammerfigur des Herrn Kurfürsten nicht einmal zu verdammen! – Und die Herren lachten sich den Buckel voll, was bei der Ausübung ihres wenig menschenfreundlichen Amtes sowieso selten geschah.

Darauf ließen sie die Mesnerin hereinkommen. Sie führte voller sichtlichem Stolz ihren kleinen Sohn an der Hand, setzte sich breitspurig nieder und nahm das Kind auf den Schoß. Es war in der Tat ein schönes Kind und hob sich wohltuend von der schwammigen Mutter ab. Nach ihren Beziehungen zum Altsee gefragt, erwiderte sie mit leuchtenden Augen: „Er war so ein lieber Mann!" Dann schilderte sie ihr wiederholtes Beisammensein mit ihm, wobei sie bemerkte, daß er es mit dreißig oder vierzig anderen Weibern im Umkreis auch gehabt habe, keine jedoch sei von ihm gesegnet gewesen, nur sie. Manchmal habe ihn allerdings ein lebendiger Gottseibeiuns besessen. Bei einer solchen Besessenheit müsse der Kelchraub und der Hostienfrevel geschehen sein; sie wisse es nicht genau, weil sie zu der Zeit gerade gemolken habe.

Auf die Frage, wie der Altsee die Kirchenschlüssel bekommen habe, nachdem das Tor nicht aufgebrochen gewesen sei, erklärte sie, nichts zu wissen, und wurde dabei feuerrot im Gesicht. Einer der Richter bemerkte das und drang in sie; da gestand sie unter Tränen die Wahrheit.

Zufrieden mit ihrer Arbeit, schickten die Richter alle Zeugen nach Hause. Der Herr Propst Augustin Oberst, der im Reisewagen nach München gekommen war, nahm sie alle bis Rottenbuch mit; sein Gefährt war sehr geräumig. Auf dieser Heimfahrt stellte er der Mesnerin in Aussicht, ihren Buben nach ein oder zwei Jahren als Chorknaben in die Lateinschule des Stifts aufzunehmen.

Da strahlte sie.

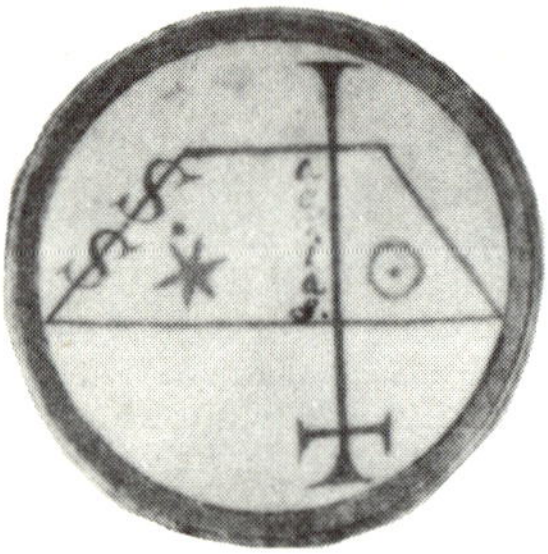

Das Vaterunser

Gegen Ende November dieses Jahres 1665 erhielt Dionys Ruhsam, der oberste städtische Malefizknecht, den gemessenen Auftrag, die Fragekammer zum Gebrauch herzurichten.

Er begab sich also in den Turm und begann wie gewöhnlich mit der Fragebank der Herren Richter. Er stäubte sie mit einem Putzlumpen ab. Mehr Mühe machte ihm das Holzgitter aus feinen Stäbchen, das die Richterbank von der eigentlichen Folterkammer trennte. Diese Stäbchen waren eng aneinandergereiht, damit der Befragte seine Befrager, die hinter dem Gitter saßen, nicht erkennen, dennoch aber hören konnte. Dionys reinigte diese Gitterwand mit einem Flederwisch.

Dann folgte die Überprüfung der Werkzeuge. Auf die Radwelle der Streckbank goß er ein wenig Öl; die Herren hatten es nämlich nicht gern, wenn sie quietschte. Den Schraubstock für die Daumen rückte er aus der Ecke zum Gitter vor, denn die Herren wollten die Wirkung einer jeden halben Umdrehung vom Gesicht des peinlich Befragten ablesen können. Auch den „gespickten Hasen“ inmitten der schief angelehnten Leiter schmierte er ein, ebenso die Zangen zum Abziehen der Fingernägel und zum Herausnehmen der Zunge. Diese Zangen mußten behutsam gehandhabt werden, sollten doch die Gepeinigten nicht mehr Schmerzen erleiden müssen, als unbedingt erforderlich und in der Strafordnung vorgesehen war. Die mit Knöchlein gespickte Ledergeißel bedurfte einer dringenden Überholung: Die Knöchel waren nämlich nicht mehr spitz genug; man mußte zu oft hindreschen, bevor das Blut richtig zum Fließen kam. Und das machte müde.

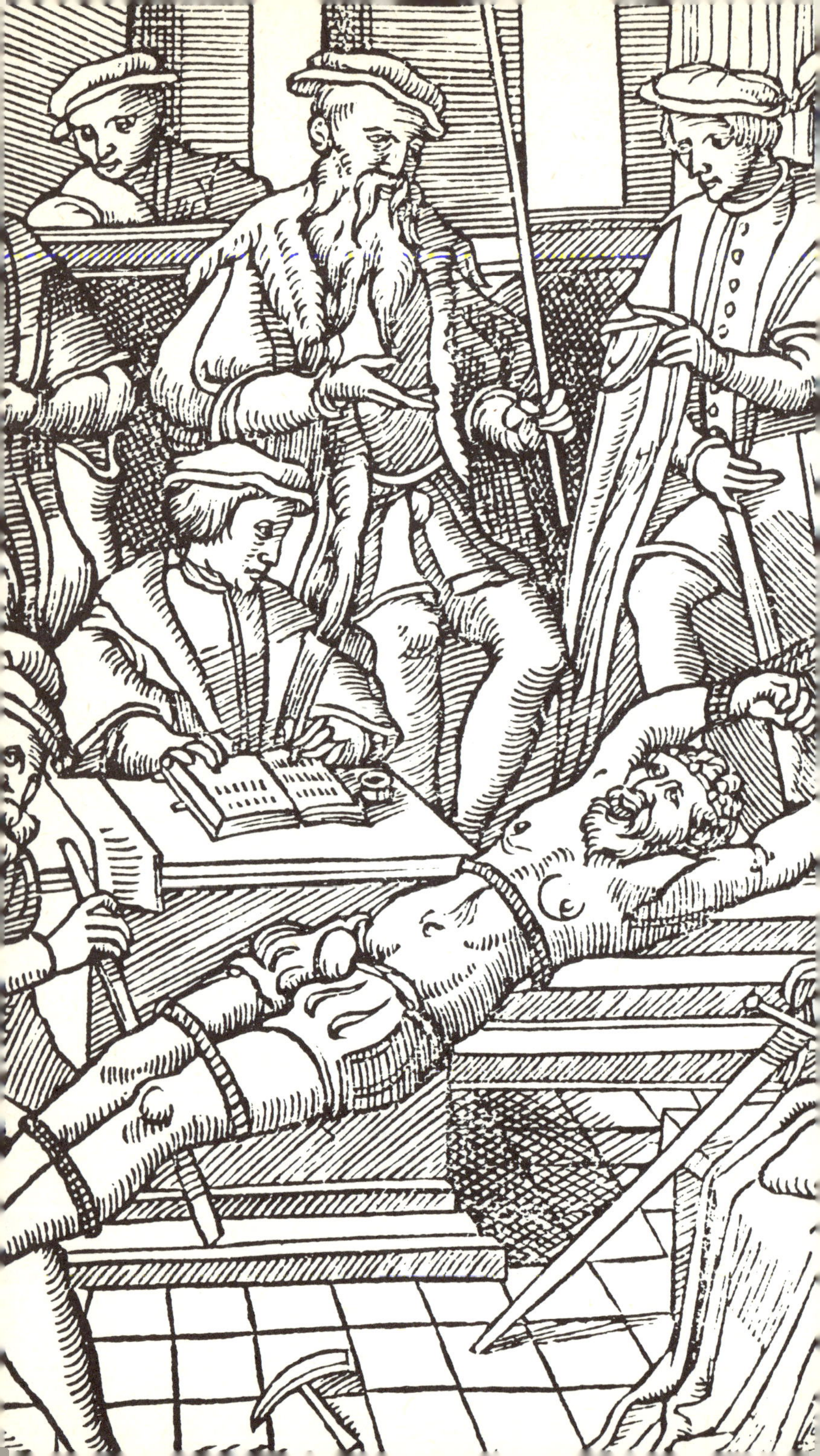

Als er alles bereitet hatte, meldete Dionys Ruhsam den Vollzug beim Pförtner im Rathaus und erfuhr dabei, daß nach Heiligdreikönig ein Hexer – etwas ganz Seltenes! – verhandelt werde. Das werde viel Leut nach München locken. „Hoffentlich ist's nit grad recht kalt; sonst macht einem ja die schönste Hinrichtung keinen Spaß!"

Diese bevorstehende Hinrichtung hatte man in den größeren bayerischen Städten durch Aushang kundgemacht. Dergleichen Aushang schon vor dem gesprochenen Urteil tat der Gerechtigkeit beileibe keinen Abbruch. Denn aus den Aufzeichnungen von Schongau, ebenso aus den Bekenntnissen der Zeugen stand für das Gericht fest, daß bereits ein einziges Verbrechen des Altsee zu seiner Entleibung führen mußte, geschweige denn diese ganze Litanei. Die Verkündung des Urteilsspruchs war also nur noch Formsache.

Um diese Formsache kurz zu erledigen, traten die drei Richter mit dem Profos, dem Galgenknecht und dem Roßkamm in aller Herrgottsfrühe des 9. Jänner 1666 in der Fragekammer zusammen. Sie lasen ihm sein Sündenregister vor, während zwei Blendlaternen, die vor der Gitterwand aufgestellt waren, sein entblößtes Gerippe anstrahlten. Er hörte sich alles gelassen an. Nur als die Rede auf sein Treiben mit den vielen Frauen kam, erklärte er, keiner einzigen Gewalt angetan zu haben, sondern alle hätten sich freiwillig hergegeben, auch die Margarethe Binderin – die besonders. Weil aber der lange Dionys Ruhsam plötzlich hinter ihm aufstand, fürchtete der Altsee, sie könnten die ringsum lauernden Torturen an ihm versuchen, und sagte kleinlaut: „Ich wollte nichts gesagt haben!"

Hinter der Sprossenwand saß neben den Richtern der Profos. Ihm überreichten sie das in allen Einzelheiten bereits niedergeschriebene Urteil, damit er es am Galgenberg draußen verlese, wenigstens zum Teil, falls die Kälte zu grimmig wäre. Als dann der Knecht dem Altsee eine Hose und ein schütteres Hemd angezogen hatte, traten zwei Jesuitenväter in die

Folterkammer. Da gingen alle anderen hinaus. Die Patres unterhielten sich mit ihm und versuchten, angesichts der nur noch knappen Lebensdauer, sein Gewissen hellhörig zu machen. Denn ganz schlecht ist kein Mensch; nur haben viele ihr Gewissen zugehäubelt wie weiland die Ritter ihre Islandfalken: sie können schon sehen – nur so nicht!

Simon hörte sich die gemessenen Worte der würdigen Männer ruhig an und sagte dann tonlos: „Hätt' ich's Leben noch einmal in der Hand, ich tät's mit Handschuhen packen!" Weil aber die Väter dieses Wort nicht verstanden, gaben sie ihm ihren Segen.

Draußen vor dem Malefizturm stand bereits die Schleife, ein der Quere nach auseinandergeschnittenes Schifflein, davor ein Roß gespannt war. Als jetzt der Galgenknecht den Altsee herausführte, sah der das Pferd an und sagte: „Was macht ihr bloß mit dem armen Vieh! Es hat faule Zähne und einen Wurm und die Fesseln voller Läuse. Habt Mitleid mit ihm und bringt's zum Fleischer!"

Von da ab sagte er nichts mehr.

Der Knecht band ihn in die Schleife; dann ging's dahin. Der Profos schritt voraus, je vier andere Knechte zu beiden Seiten, dahinter die zwei Jesuiten mit dem Rosenkranz in der Hand. Jedesmal wenn die Schleife wegen der vereisten Gasse an den Rinnstein schlug, zuckte der halbnackte Mann vor Schmerz zusammen. Er hatte die Augen geschlossen. Nur als sie über die Schranne fuhren, machte er sie plötzlich weit auf und schaute zur Mariensäule hin. Dort stand, hinter die gaffende Menge geduckt, seine Tochter Salome, die Baronin. Die Blicke beider trafen sich kurz. Darauf ging die Frau weg und flennte.

Bis zum Galgenberg hinaus hatte sich zu beiden Seiten der Gassen trotz der klirrenden Kälte viel Volk versammelt; man wollte einen Hexer sehen – so war er ja im öffentlichen Aushang bezeichnet worden.

Große Enttäuschung!

Dieser blaue, dürre Körper soll so gefährlich gewesen sein? und für das Weibsvolk so verführerisch? Wer das behauptet, muß an verwirrtem Geschmack leiden! – Beim Schönen Turm stand, in einen Pelz gehüllt, ein dicker Bräu. Der wollte etwas Launiges sagen und grölte: „Den bringt ihr doch gar nit mehr an den Galgen! Der erfriert euch unterwegs!" Aber niemand pflichtete ihm bei, worauf sich der Dicke beleidigt umdrehte und in einer Seitengasse an der Mauer das Wasser abschlug. – Am Barbakane vor dem Neuhauser Tor tänzelte der Talerschimmel mit dem Baron Simeoni. Merkwürdig, sagte er zu sich, anderen hat er geholfen, sich selber kann er's nicht!

Schließlich kamen sie ans Hochgerüst. Das Volk drängte nach, begierig, die letzten Minuten des Hexers von Rottenbuch zu genießen.

Schon gleich nach Neujahr hatte die Stadt München den für die Exekution notwendigen Scheiterhaufen errichten lassen. Obwohl die Höhe des Strafmaßes zu diesem Zeitpunkt noch nicht festgelegt war, konnte nicht bezweifelt werden, daß dieser Holzstoß unumgänglich sei.

Nicht geringe Beachtung fand auch ein Künstler aus Augsburg, ein sehr bekannter Holzschneider. Der sollte im Auftrag des „Briefmalers" Elias Wellhöffer einige markante Szenen der Hinrichtung festhalten, damit sie dann in einem Flugblatt einem breiteren publico mitgeteilt werden könnten. Dieser Mann, ganz steif unter der Würde seines Vorhabens, wartete bereits etliche Stunden auf den Beginn des Dramas. Als jetzt der Zug nahte, zog er ein Papier und einen Stift hervor und fing an zu zeichnen.

Dann aber schauten alle gespannt auf den Profos, der ebenfalls ein Papier in Händen hielt. Mit der seinem Amt angemessenen feierlichen Stimme begann er alle Missetaten des „Simon Altsee von Rottenbuch am Ölberg, achtundsiebzig Jahr alt, verwittibt, drei Kinder habend, so verheirat't", vorzulesen und schloß: „Wegen solcher und mehr anderer Übeltaten ist ihm das Urteil ergangen, daß man ihn siebenmal

Sein Urteil ist um so viel gemildert worden, daß er auf einer Schleife zur Gerichtsstatt geführt wird und daß ihm drei Zwick mit glühenden Zangen auf jeden Arm, und auf die Brust einer gegeben werden.

mit glühenden Zangen reißen, beide Beine an den Füßen mit dem Rad abstoßen, und lebendig verbrennen solle. Welches Urteil aber um so viel gemildert worden ist, daß er auf einer Schleife zur Gerichtsstatt geführt wird und ihm drei Zwick mit glühenden Zangen auf jeden Arm und auf die Brust einer gegeben werden, daß ihm die rechte Hand abgehauen und er auf dem Scheiterhaufen erwürgt und zu Asche verbrannt werde. Gott der Allmächtige wolle uns wegen solcher Sünden und Laster nit ferner strafen und – damit sich dergleichen Hexen und Zauberer an diesem Exempel spiegeln und sich bekehren – seine göttliche Gnad erteilen. Amen.“

Der Profos hatte kaum geendet, da zog ein Knecht aus dem danebenstehenden Feuertopf eine der langen Zangen heraus und tat, wie das Urteil befohlen hatte; für den Zwick auf der Brust holte er eine zweite Zange. Dann packten ihn drei Knechte auf einmal, lösten ihn aus der Schleife und setzten ihn auf den Scheiterhaufen, so daß er mit dem Rücken an einem Pflock lehnte. Zwischen seine Beine rückten sie einen dicken Hackstock. Während die beiden Jesuiten laut beteten, ergriff einer der Knechte Altsees rechte Hand, zog sie auf den Stock und setzte ans Gelenk eine Axt; der zweite schlang um den Hals des alten Mannes und zugleich um den Pflock ein Seil. Darauf wandten alle drei ihre Blicke auf den Profos. Als der deutlich mit dem Kopf nickte, schlug der dritte Knecht mit einem bestielten Holzklotz weit ausholend auf die Axt und der zweite zog gleichzeitig die Seilschlinge zu. Die Hand fiel herunter. Der Leib zuckte kurz, bäumte sich auf und sackte dann in sich zusammen. Die Patres traten vom Scheiterhaufen zurück, die Knechte sprangen herab und legten das Feuer. Bald loderten die Flammen knisternd und prasselnd empor.

Der Profos zog jetzt mit den Hellebardierten ab. Auch die meisten Gaffer verloren sich. Etliche blieben noch heftig gestikulierend beim Scheiterhaufen stehen und wärmten sich. Um die Mittagsstunde jedoch, als vom Rathausturm die Glocke schlug, trieb sie der Hunger nach Hause.

Vom niedergebrannten und verkohlten Holz zog noch ein kleines Rauchfähnchen übers Feld. Da sah man eine Frau mit einem Knaben hinzutreten. Die beiden knieten auf den aperen Boden nieder und falteten ein Vaterunser lang die klammen Hände. Im Weggehen sagte dann die Frau zu dem vor Kälte klappernden Buben: „Der Tod kommt als ein Dieb und scheidet Leid und Lieb!" Doch das Kind verstand den Satz nicht und folgte schweigend seiner Mutter.

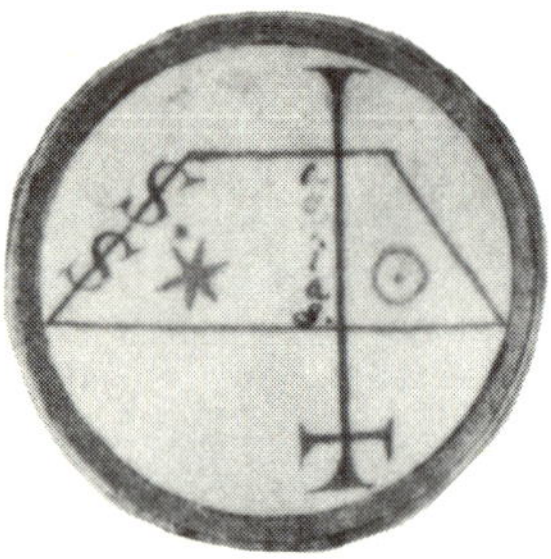

rckh Tölz
Iser